U0073987

菲莉亞．羅格朗
COUNTRY GIRL
出身非常普通的鄉下少女，憑藉著無人能敵的擲
鐵餅技術考入冬波利學院，屬強力量型的學生。
她個性靦腆害羞、膽怯，有時候有點遲鈍，在心
靈上頗為依賴哥哥馬丁。
歐文．黑迪斯
MOZU PRINCE
魔族王子，化名為「歐文．哈迪斯」混入人類
學校裡假裝成普通的魔法系學生。他臉上總是掛著微
笑，給人感覺很溫柔，但切開的話會有點黑。他在自
己感情的問題上很不坦率，傲嬌型，甚至是遲鈍。
Diary

卡斯爾·約克森 LEGENDARY BRAVE'S SON

曾殺死魔王的傳奇勇者的兒子，是魔法和劍術雙專業的天才學生。勇者世家出身的他，是個長相出眾、個性友善，在任何方面都近乎完美的少年，很受眾人歡迎。

瑪格麗特·威廉森 MISSY

來自古典貴族家族的大小姐，在冬波利學院學習劍術。在外人看來，她異常的高傲冷淡，大多數時候都面無表情，但實際上她是個極其遲鈍的天然呆，稍微有點傲嬌。

羅德里克·羅格朗 JULIA'S FATHER

菲莉亞的父親，在王國之心做生意的大商人，以重現、製作和銷售幾近失傳的矮人族機械技術為主。他性格沉默寡言，和菲莉亞相處時總是有些尷尬。

安娜貝爾·瓊斯 JULIA'S MOTHER

菲莉亞的母親，長年處在不健康的婚姻中，苛薄易怒，對孩子們採高壓教育。與丈夫羅格朗先生離婚後，帶著馬丁來到王國之心，重新開始新的人生。

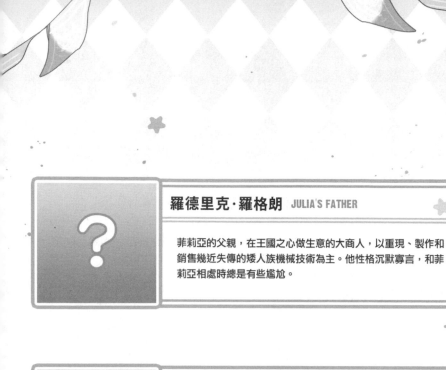

伊斯梅爾·黑迪斯 OWEN'S FATHER

魔族的魔王陛下，歐文的父親。愛妻愛子的程度沒人比得上，而腦殘程度也無人可以超越，常讓歐文暴走。大魔王熱衷擔任兒子的狗頭軍師，出各種餿主意，非常關切遲鈍兒子的情商何時會開竅。

索恩·波士 JULIA'S NEIGHBOR

菲莉亞的鄰居兼青梅竹馬，就讀於王城勇者學校。從小就喜歡著菲莉亞，憑著「喜歡就要欺負她」的幼稚本能在行事，是導致菲莉亞性格越來越內向膽小的凶手之一。

Contents

第一章
鐵餅女孩換拿重劍了

八月末，王城各個學校都迎來了開學季，返校的學生們熙熙攘攘充斥了校園的每一個角落，幾乎每棟宿舍裡都滿是室友重聚的歡樂交談聲。

然而，冬波利學院東區六號宿舍的客廳卻出奇的安靜。

菲莉亞抱著鐵餅站在沙發旁，面對室友們震驚的目光，她有些不知所措。

在鐵餅時不時插嘴補充的情況下，菲莉亞已將事情經過基本上敘述了一遍，此時，不管是南西、貝蒂還是凱麗，完全都是一副下巴滾到地上的樣子。她們彼此面面相覷，過了好久才反應過來。

「所、所以……」貝蒂感覺自己說話都不流暢了，「現、現在已經連這樣的魔法都存在了嗎？！」

「好厲害啊！這樣下去的話，以後主導世界的就要變成魔法師了吧？」南茜往沙發上一靠，感慨道。

「不過……」貝蒂疑惑的皺起眉頭，「原來歐文的父母是這麼厲害的魔法師啊？都沒有聽說過。」

聽貝蒂說起這個，菲莉亞一下緊張起來。

她倒是早就知道歐文的父母是相當出眾的魔法師了，但歐文好像並不想讓學校裡太多人知道的樣子……真是謙虛又低調啊，不愧是歐文。

不不不，不對，現在不是讚賞歐文的時候，她答應過這件事不亂說的。QAQ

意識到自己不小心透露太多的菲莉亞，連忙試圖挽救一下：「可、可能是風刃地區剛剛弄出來的新魔法吧？不是說風刃地區好像比較擅長魔法什麼的……」

菲莉亞說謊的次數不多，因此眼神有些躲閃。

好在貝蒂沉浸於思緒之中，沒有注意到她神情的不自然，反而被說服似的點點頭，「說得也是啊……西方高原和風刃地區的確魔法師比較多，魔法發展也比較快呢……」

海波里恩各個地區都保持著一定的獨立性，況且交通不大方便，所以資訊傳播需要費上一定的時間，某一地區的某一領域發展較快，而其他地區跟不上是正常的，哪怕在王國之心也一樣。

見貝蒂不再提歐文父母的事，菲莉亞這才鬆了口氣。

就在這個時候，宿舍的門鈴響了。

「歐文！肯定是歐文！」南茜篤定的拍著大腿，「瑪格麗特回來的話肯定會直接拿鑰匙開門的，一開學就跑來我們宿舍找人的只可能是歐文！菲莉亞，妳自己去開門！」

凱麗弱弱的提醒道：「那個……南茜，說不定是妳男朋友呢？」

「怎麼可能啦！」南茜立即假裝嬌羞的捂住臉，「是他的話，我感應得到啦！」

貝蒂：「……」

凱麗：「……」

菲莉亞：「……」

不過，四個人裡只有菲莉亞是站著的，所以她還是抱著鐵餅去開門了。

一開門，站在門外的果然是歐文。

他們兩個人都還沒來得及說話，鐵餅已經興奮的叫起來：「魔法師大人的兒子！他就是溫柔的魔法師大人的兒子啦！」

歐文和一塊鐵餅四目相對的時候，就感覺好像哪裡不對了……

——這塊鐵餅是什麼鬼……

此時鐵餅正在菲莉亞懷中歡快的揮動著細細的四肢，一副看到歐文就極其開心的樣子。他雖然沒有見過歐文，但從他那和大魔王相似、只是比較稚嫩的外表輪廓中，鐵餅一眼就能確定他一定是讓自己活過來的魔法師大人的兒子。

鐵餅：魔法師大人和主人都很喜歡我的話，魔法師大人的兒子肯定也會喜歡我吧！ヽ(*゜▽゜*)ノ

……然而並不。

歐文的大腦飛快運轉著，很快就想起自己好像委託過他爸解決一下送鐵餅回家的問題，當時他爸說的是……

「讓它自己跑回去不就好了……」

——原來是這麼個跑回去嗎！！！

歐文頓時有種想衝回艾斯把他爸弄出來打一頓的衝動。

不過他知道菲莉亞的室友們都虎視眈眈盯著他們兩個，他還是保持理智，先一把將菲莉

亞拉到宿舍外，隨手關上了門。

「抱歉，菲莉亞。」歐文痛苦的扶著腦殼，「因為我想儘快把鐵餅送還給妳，所以就讓我爸來想辦法……沒想到他把妳的鐵餅變成了這樣。真的很抱歉。」

「不不，沒什麼關係的，其實……」菲莉亞連忙擺手表示沒事。

但歐文繼續歉意的說道：「我可以試試看把它變回去，要是弄不回去的話，我去買一塊新的還給妳。」

聽到這樣的話，菲莉亞懷裡的鐵餅頓時露出極其驚恐的表情，鈕釦大的黑眼睛裡又開始跳出冰珠子。

鐵餅：「Σ(っ°Д°;)っ要、要換掉我嗎！！」

「真的沒關係。老實說，我還挺喜歡它的。」菲莉亞摸了摸鐵餅的頭安撫它，「它、它很可愛的啊。」

歐文嫌棄的看了眼鐵餅，「……可是這樣的話不能扔吧。」

「我正好也換新的武器了。」要不是重劍擱在宿舍裡，菲莉亞簡直立刻想舉起來給歐文看，這種迫切想要向好友炫耀武器的心情好像還是第一次，「我換了把重劍，等正式開學就去和尼爾森教授說這件事。」

菲莉亞在課堂練習的時候也有用過學校裡的重劍，雖然沒有正式學習過，但是她平時相處的同學裡有不少都是使用重劍的，她多少算是看了幾年，現在在腦袋裡回想，還能想起不少知識。

儘管歷史和數學類的知識記不太住，但和武器有關的東西，倒是意外的容易學呢……

「重劍？」歐文卻皺了皺眉頭，「和奧利弗一樣的那種？」

「嗯！」菲莉亞沒感覺到歐文的語氣不太對勁，非常幸福的笑起來，「是卡斯爾的姑姑送我的劍，刻了我家鄉的名字……它還是卡斯爾的爸爸，你知道，就是傳奇勇者用過的武器！好厲害啊……」

——卡斯爾把他爸爸的劍送給菲莉亞是想幹什麼！！！

——還有，為什麼是他姑姑送的？怎麼聽上去像是他把菲莉亞帶回家了啊！他家人還很喜歡菲莉亞的樣子是怎麼回事！！

歐文臉上的笑容越來越僵硬了，後背簡直冒著絲絲寒氣。

「菲莉亞，妳暑假裡怎麼會見到卡斯爾學長？」

歐文幾乎是從牙縫裡將卡斯爾的名字擠了出來。

「啊……這個……」菲莉亞這才想起來她還沒有把父母離婚的事告訴歐文，當然，她也還沒向瑪格麗特和其他室友說過，「是、是這樣的……」

儘管剛剛聽說的時候是很震驚，但過了幾個月，她已經適應並平靜下來了。暑假的時候哥哥也有寫信到王城來，說媽媽的狀態恢復得不錯，等過段時間完全適應新的生活方式，他就到王城或者冬波利學院來看她。

菲莉亞將事情大致敘述了一遍，並小心翼翼的打量歐文的神情。

歐文看起來很嚴肅的樣子。

「那、那個，不用為我擔心，爸爸對我也很好的。」菲莉亞試圖安慰他道，「爸爸和媽媽分居都這麼久了，現在和以前根本沒什麼變化……只是我需要換個家住而已。」況且也只有暑假回去住。

知道卡斯爾和菲莉亞果然還是沒什麼關係，上個學期沒跟自己打招呼就回家也是有原因的，歐文的心情其實已經由雷陣雨轉陰天了，剩下的情緒是因為怕菲莉亞難過。

「抱、抱歉，菲莉亞。」歐文忽然有點討厭自己的嘴笨，不知道這種時候要跟菲莉亞說什麼才好。

於是他重重的握了握菲莉亞的手。

看到歐文果然關心自己，菲莉亞覺得心口暖暖的。

——可以和歐文做朋友果然太好了。QVQ

「主、主人！」

見菲莉亞一直看著歐文而忽略自己，鐵餅終於焦急的拉住她的領口，小聲提醒道：「他就是魔法師大人的兒子啊，就是溫柔的魔法師大人的兒子，喜歡妳的那……」

菲莉亞猛地把手從歐文手中抽回來，嚇得一把捂住鐵餅的嘴！

鐵餅：為什麼不讓我說話？嚶嚶嚶。

歐文手心忽然空了也嚇了一跳，他並沒有聽見鐵餅說的話，只是轉頭看菲莉亞，卻看見菲莉亞神情焦慮的用力捂著鐵餅的嘴，整個臉頰以肉眼可見的速度臉紅了……

——臉、紅、了！

歐文就這樣看著菲莉亞的臉頰由花瓣般的淺粉色慢慢變成赤紅，顏色從脖子一直爬上耳後，最後整張臉都彷彿散發著蒸汽。

——為、為什麼……

——這塊鐵餅到底幹了什麼……

「菲莉亞？」歐文奇怪的喊她。

「怎、怎麼了？」菲莉亞躲閃著歐文的視線，不自覺的將鐵餅的嘴捂得更緊。

哪怕知道自己被加厚過了，菲莉亞那樣的力道也不由得讓鐵餅的內心產生了一種即將被摁碎的恐懼……

歐文伸手去摸菲莉亞的額頭，說：「妳的表情看起來好奇怪，難道是……」生病了嗎？

他的下半句話還沒來得及說出口，菲莉亞已經以最快的速度彈了起來，躲開歐文快要觸到她皮膚的手，緊張道：「那、那個，歐文，你來找我有什麼事嗎？」

「沒什麼，只不過是……」過來打個招呼啊。

然而菲莉亞又沒等他說完，緊張的又說道：「那、那個我室友叫我了！明、明天見！」

歐文眼睜睜看著菲莉亞抱著鐵餅像有怪獸追她一樣衝回宿舍，「咚」的一下關上了門。

——果然好奇怪……

隱隱察覺到菲莉亞是在躲他，而且絕對和那塊鐵餅有關，歐文不由得咬了咬嘴脣。

另一邊，菲莉亞躲進房間後，先是鬆了口氣，接著剛剛放鬆的心臟又重新提了起來。

——QAQ！！！

——我剛剛打斷了歐文兩次！還把歐文關在外面了！！

——歐文人這麼好，我竟然這麼對他！

——歐、歐文不會生氣吧？

菲莉亞忍不住愧疚起來，但又沒勇氣開門出去向歐文道歉，要知道她臉上還燙得可以煎雞蛋呢……

「菲莉亞？今天妳怎麼這麼快就回來啦？」南茜半坐半躺在沙發上，把腦袋從沙發背上後仰過來看著她，一副懶洋洋的樣子。

之前的室友對話好像已經結束了，宿舍的客廳裡只剩下南茜一個人。

「啊、啊，嗯。」菲莉亞含糊的回答道。

不知道為什麼，她有一種做壞事被抓到的窘迫感，臉頰上剛剛消退的溫度又飛快的躥了上來。

「難道是吵架了？」南茜隨意問道。

「那倒沒有……」

「不要不好意思嘛！」南茜攤開雙臂大大方方的說：「我和我男朋友也偶爾要吵架的，唔……雖然你們兩個吵架是比較罕見啦。」

「真、真的沒有……」

南茜一旦在心裡肯定了什麼事，就很少聽得進別人的辯解，於是她從沙發上站起來，沒有理會菲莉亞的話，反而指了指她放在地上的行李，菲莉亞剛剛得到的那把大劍正擱在行李外面。

「說起來，菲莉亞妳怎麼帶著把重劍？」南茜好奇的問道，「妳不是用鐵餅的嗎？」

菲莉亞解釋道：「我準備換武器……而且我現在也不能扔它。」

她指指自己抱著的——一聽到「扔」這個字就開始嚶嚶嚶的鐵餅。

「……原來如此。」

南茜掃了眼鐵餅，因為剛剛已經驚奇過，她現在對鐵餅沒什麼興趣，反而還是對菲莉亞的新武器更有興致，她蹲下來端詳這把巨大的劍，然後忍不住皺了皺眉頭。

「好舊啊……這是多少年前的老古董啦？上面還刻著妳家鄉的名字呢，是南淖灣那裡生產的嗎？」南茜搖搖頭，「妳家最近的經濟狀況難道比以前還不好？怎麼不買一把新劍？這種老劍用不了多久就會壞掉的啦。」

「這是別人送的……而且，我也很喜歡。」菲莉亞輕聲道。

菲莉亞也知道不能逢人就說這把劍的來源和來歷，畢竟當初光是卡斯爾第一次跑來宿舍的事就讓她麻煩了好久。

不過，這把重劍在大多數的人眼中的確不怎麼起眼。它確實很舊，劍刃雖仍光亮，但劍柄卻早已滿是傷痕，而且也沒什麼繁複的花紋，外表相當普通。

只是菲莉亞莫名的覺得它順手。

南茜無法理解菲莉亞會喜歡這樣的劍，滿臉不可思議。

▶◇◀◎▶◇◀

幾天後，冬波利學院正式開始了這一年的新學期。

菲莉亞今年已經四年級，真真正正的加入了「高年級生」這在幾年前看來還十分遙遠的高等人群，成為了學校裡大部分學生的前輩。

……雖然這些後輩裡有不少年紀比她還大就是了。

本來四年級生是不用上課的，他們只需要去學校報到登記，然後從學校根據他們的程度所提供的實習工作中選擇一項，在一個月內上任，並於第二年四月上交考核表即可。不過，有時候也會有比較特別的實習工作，比如去年的卡斯爾．約克森，因為他提前拿到正式勇者執照，所以被學校特別安排為實習勇者，又去了一次精靈之森。

但菲莉亞準備更換使用的武器，這關係到她畢業證書上面寫的專業，儘管已經拿了新的重劍，可菲莉亞實際上並不確定自己可以順利的更換成功。

於是開學第一天，菲莉亞將吵吵鬧鬧的鐵餅放在房間，扛著重劍去了強力量型的場地。

一年沒有來，這裡卻一如既往的聚滿了人，只不過由現在的菲莉亞看來，這群一、二年級生看起來十分稚嫩，還和小孩子似的。尤其是剛剛入學的一年級生，只要看他們懵懂的神情，就能一眼區分出來。

低年級生們沒見過菲莉亞，她作為人群中唯一的高年級生顯得很突兀，於是有許多學生好奇的盯著她看。菲莉亞則四處張望了一下，一下就找到體型極為高大顯眼的尼爾森教授。

「尼爾森教授！」菲莉亞一邊喊，一邊跑過去。

尼爾森教授應聲回過頭，一見是菲莉亞，頓時眼前一亮。

「菲莉亞！」他滿面笑容的對菲莉亞張開雙臂，彎下腰擁抱了她一下，「好久不見！妳怎麼來了？暑假有好好練習鐵餅嗎？實習選定了嗎？還有，妳好像又長高了！也比去年要更漂亮一些……」

尼爾森教授的讚美是由衷的。

以海波里恩的審美來說，菲莉亞原本的膚色過於蒼白，但在勇者學校訓練兩年多，還在精靈之森住了一年，她的臉頰變得紅潤起來，健康的皮膚泛著層層可愛的玫瑰色，變得更貼合海波里恩居民對「美人」的概念。

除此之外，她從兒童進入到少女的生長期，身體在長高的同時漸漸有了微妙的弧度，胸脯小幅度的隆起，腰線則微微的凹下去，由於長期在指導下正確的鍛鍊，菲莉亞的體態非常優美。

另外，羅格朗先生還替她購置了一些更符合當下時髦風尚的衣服，錦上添花，讓尼爾森教授暗暗點頭。

菲莉亞真的有少女的樣子了。

尼爾森教授雖然結婚了，卻還沒有孩子，由於太過於偏愛菲莉亞，總時不時就將她錯當成是女兒，看到菲莉亞的成長，不管是生理、心理還是學業上，尼爾森教授都不由自主的感到寬慰。

要是真有這樣的女兒就好了。尼爾森教授一邊暗暗對菲莉亞點頭，一邊不禁這麼想。

「謝謝你，教授。」菲莉亞被誇獎的臉紅。

她能感覺到尼爾森教授很喜歡她，但她並不覺得自己真的有他誇的那麼好。

尼爾森教授摸摸她的頭，覺得菲莉亞的謙虛溫和正坐實她的良好品性，真不愧是自己看好的學生。

「我聽說在精靈之森發生的事，妳沒什麼事太好了……還有那個叫歐文的孩子，他是查德的學生吧？萬幸，你們都沒有受傷。真是沒想到……唉。」

尼爾森教授感慨的搖頭嘆息，他知道當年伊蒂絲的事，不過想起這件事不適合向學生提及，只好在此停嘴。

跟年輕的查德不同，尼爾森教授是和利奇．芬克爾共事過的。事實上，他甚至稍微替利奇感到惋惜。如果沒有迷戀上伊蒂絲的話，他實在是位前途無量的教授……

在那件事發生前，大家對他的印象都是文雅睿智又有才華的教授，或許相貌不佳，卻極有風度，簡直稱得上品行端正……也不知他是不是因為自己的外貌太糟糕，才會如此瘋狂執著的沉迷於美麗的伊蒂絲，要知道他在伊蒂絲畢業後還跟蹤她近十年，使伊蒂絲不得不放棄傭兵生涯，回來尋求學校的幫助……

尼爾森教授又嘆了口氣，將自己從短暫的感慨中剝離出來，他拍拍菲莉亞的肩膀，作為安撫，堅定道：「放心吧，這次是學校的嚴重失誤……我們都已經在檢討了。以後不會再發生這類事情了。」

「沒、沒有關係的。」菲莉亞靦腆的笑了笑，事情過去之後，回憶起來反而不覺得害怕了，反正她和歐文都沒有受傷。

再說，現在想想，歐文當時下意識的將她護在身後還始終保持著冷靜，實、實在是挺帥的啊……

菲莉亞感覺到自己的臉頰又燙起來了，趕緊晃晃腦袋恢復冷靜，對尼爾森教授道：「那個，教授，其實我來找你，是、是因為我想換個武器……」

菲莉亞將約克森女士送給她的重劍拿到眼前，讓尼爾森教授看見。

尼爾森這才注意到菲莉亞今天帶的不是鐵餅而是重劍。這柄劍的體積不小，看起來還是很醒目的。但這裡是強力量型的場地，到處都是帶大刀、大劍的學生，因此他竟然一時沒有反應過來。

尼爾森教授一愣，道：「妳要換武器？」

「對……」

「……能把妳的重劍給我看看嗎？」

「好的。」

菲莉亞連忙將劍遞給尼爾森教授，尼爾森教授一接過，先被它的重量嚇了一跳。這把劍即使在側重力量的重型武器中也算重得出奇，剛剛看菲莉亞輕鬆拿著的樣子，他還以為是相對來說輕巧的女式重劍呢。

尼爾森教授細細端詳著重劍的每個部分，然後暗暗心驚。

……雖然舊了點，但的確是柄相當出色的重劍。它幾乎沒有任何一個部分是累贅，每一處都設計得恰到好處，以最簡約的狀態達到最高效的攻擊。或許它並不是出自極其傑出的工匠之手，但設計出它的人一定非常清楚什麼才是一個重劍士最需要的東西。

尼爾森教授簡直想弄把一模一樣的重劍給自己使用，甚至是直接做一堆來作為學生的標準武器，但製成這個重量的話……說不定不是所有學生都舉得起來了。

畢竟不是誰都有像菲莉亞這樣的天賦。

「妳很有擲鐵餅的天賦，菲莉亞。」尼爾森將目光從劍上挪了下來，重新看向眼前的學生道：「不過重劍的確是更適合妳的武器，也更實用……唔，妳一、二年級的時候也聽過我教學生使用重劍的課吧？我想知道妳到底在什麼樣的程度……」

「對了！正好！我正想讓妳給新生做一次示範呢！不如這樣吧，菲莉亞，待會妳再扔一次鐵餅，然後和新生一起做一下水準測試，我看看妳到底更適合哪一邊。」

他想了想，補充道：「如果妳確實更適合重劍的話，我就同意妳換武器。只不過這一年可能就要辛苦一點了，妳得在實習期間還要回學校來，我幫妳補一些課。」

「好、好的！」

聽教授這麼說，菲莉亞緊張的嚥了口口水，神情亦嚴肅起來。

尼爾森教授重新組織起一、二年級學生的隊伍，但他們卻都有些心不在焉，目光時不時在菲莉亞周圍打轉。在他們看來，菲莉亞好像是個和教授關係很好的高年級生，不僅如此，教授還很讚賞她的樣子……

因為菲莉亞沒有帶自己的鐵餅，尼爾森教授就拿了學校的公用鐵餅給她，菲莉亞接了過來，正要瞄準靶子，尼爾森教授卻輕輕咳嗽一聲，阻止了她。

「菲莉亞，妳對著牆砸就好。」他道：「盡全力，今天我比較想看看妳的力量水準。」

儘管不明白尼爾森教授的用意，但菲莉亞依然點點頭，將鐵餅對著牆壁猛力一甩……

牆壁果然又被砸出一個大窟窿，而且整個牆面都被從窟窿那裡延伸出來的蜘蛛網狀裂痕布滿，視覺震撼力相當強大。

新生們看菲莉亞的目光頓時尊敬了很多——

真不愧是高年級生啊！

尼爾森教授想向新生們炫耀自己引以為傲的優等生的心願亦得到滿足，他高興的走過去拍拍菲莉亞的肩膀，道：「很好，菲莉亞。做得很漂亮。」

——真、真的嗎？QAQ

菲莉亞看著再一次被自己砸爛的牆壁，實在不明白尼爾森教授的評判標準。

不過，其實她每次砸爛牆壁，教授都沒有責怪她，因此菲莉亞對尼爾森教授向來十分尊重和感激，在她看來這是教授不希望她喪失自信心。

「那麼，接下來再來看看妳重劍的水準吧。」

他將菲莉亞的劍還給她，同時將自己慣用的重刀拿了起來，道：「菲莉亞，不要猶豫，用力砍過來。」

菲莉亞點了點頭。

畢竟看自己的同學用重劍看了三年，況且她在這方面好像的確比較敏銳，菲莉亞對重劍最基本的姿勢、招式和套路都已經很清楚，因此不同於新生在測試時的慌亂和生硬，她從一開始下意識擺出來的姿態就十分標準，令尼爾森教授又是眼睛亮了亮。

——真不愧是菲莉亞……光用看的就能記得這麼準確……

尼爾森教授對於菲莉亞的將來不禁又增加了幾分期待，於是也擺好姿勢。作為菲莉亞的指導老師，他不可能不知道菲莉亞的力量到底有多大，所以不敢掉以輕心。

「來吧，菲莉亞！」尼爾森教授喊道。

聽到指令，菲莉亞咬了咬唇，手指用力握住劍柄，讓皮膚與劍柄上的紋路緊緊貼合，腿上的肌肉繃緊發力，朝尼爾森教授衝了過去！

數秒後，菲莉亞衝到了教授面前。

尼爾森的瞳孔下意識的一縮。

老實說，菲莉亞的體格在女生中並不算突出，無論是身高還是健壯程度都相當普通，就連她的指導老師尼爾森教授都不清楚她的那股怪力是從哪裡爆發出來的。

由於身材嬌小，菲莉亞拿著重劍的姿勢即使再標準，也談不上有什麼可怕的氣勢，反倒有點小孩子穿大人衣服的感覺。但不知道怎麼回事，在她逼近的一剎那，尼爾森竟然感到一種難言的壓力，菲莉亞那雙棕色的眼睛真是冷靜得過頭了，彷彿沒有波瀾的一潭死水，裡面的所有情感全都在剎那間消失，被她盯住的時候，居然有種作為獵物被盯上的感覺……

尼爾森教授還是第一次承受來自菲莉亞的正面攻擊，也是第一次注意到這些，因此不禁暗暗吃驚，忍不住要懷疑這雙眸子的主人是否確實是自己的學生。

——她真的是那個靦腆內向又認真善良的菲莉亞？

就在尼爾森教授感到心情複雜而愣神的片刻，菲莉亞的劍刃已經吃住了尼爾森的重刀。因為教授之前讓她不要猶豫，所以儘管心中有些不安，菲莉亞還是使出了全力。

使出全力的菲莉亞，加上一把格外沉重的好劍……

尼爾森教授瞬間就明白了為什麼查德教授從精靈之森回來之後，就一而再、再而三的提醒自己要讓菲莉亞學會控制力量，不能再讓她這麼自由放任了。他先前還對查德的警示不以為然，以為他是在森林裡和伊蒂絲談戀愛弄得有點神經質了，強力量型的戰士本來就應該體能越強大越好，但現在……

菲莉亞的力量的確太可怕了，不過最可怕的是她自己並不知道這一點。

她並沒有受過專業訓練，動作儘管標準，卻算不上完美優秀。

可就是這種不太專業的動作，竟然靠單純力量的碾壓就讓尼爾森產生了一種正在和勢均力敵……不，甚至可能是實力在自己之上的對手過招的錯覺，而且對方顯然正抱著殺死他的意志。

要不是知道菲莉亞絕對不會有這種念頭……

尼爾森教授感到自己的後槽牙已經在威壓下咬得隱隱作痛，支撐著重刀的手腕似乎隨時會被拗斷，口中瀰漫上血腥味……

「停下！可以了！菲莉亞！」尼爾森教授從喉嚨深處發出聲音，沙啞吼道。

查德說得對，他必須讓菲莉亞學會控制和運用自己的力量，不僅如此，他甚至認為讓目前這個狀態的菲莉亞單獨去校外實習都不是個很好的選擇，她可能會因為力量使用過度而闖禍的！

菲莉亞的力量既是難得的天賦，也是潛在的危險，一切都看她的老師要怎麼教育。

尼爾森教授暗暗下定了決心。

聽到教授喊停，菲莉亞連忙停止發力，將重劍放下，緊張的等待尼爾森教授的評價。

「妳可以把武器換成重劍。」尼爾森教授道，「不過今年上半學期，妳暫時不要去校外實習了。我會為妳開證明，安排妳做我的助教，然後指導妳使用這把劍。」

想到這幾年他一直讓菲莉亞肆無忌憚的擲鐵餅這種不易操縱、殺傷力又極大的武器，尼爾森不禁感到一陣後怕……這可真是幾十年來在他身邊所發生的最恐怖的事了，幸好菲莉亞暫時除了利奇之外，還沒有傷到其他人。

尼爾森頓了頓，又道：「等雪冬節結束，我會重新考評妳。如果妳合格的話，我再替妳安排別的實習工作。」

「好、好的，教授！」

菲莉亞終於鬆了口氣，繼而喜悅之情湧上心頭，她迫不及待的要去和歐文、瑪格麗特他們分享這個消息。

並沒有懷疑尼爾森教授將她留在學校的動機，菲莉亞只是單純的高興，她認為這是尼爾森教授特別照顧她這種升到高年級才換武器，水準和天資還很有限的學生。

尼爾森教授拍了拍她的肩膀，說：「今天妳先回去吧。我會親自向漢娜教授說明妳的實習更動……」

說起來，菲莉亞今年出手的動作比以前堅定了很多，在往常這是件好事，但是……想了想，他又補充道：「在我安排妳練習前，妳先不要再碰武器，重劍和鐵餅都不要。」

菲莉亞非常鄭重的點頭。

她知道尼爾森教授是很有經驗的教授，他這麼做肯定是有原因的，比如扔鐵餅太多會影響對重劍的掌控之類的，還有不專業的學生亂用重劍會加快重劍的損傷之類的……

菲莉亞走後，尼爾森教授又開始安排新生們的水準測試。

今年的新生在招生的時候他多少就有了瞭解，程度層次不齊，但並沒有像菲莉亞這樣天資傑出的學生。

而新生們多少也被學姐剛才做的測試所震撼，用重劍的那一場他們看不出門道，但鐵餅可是確確實實把牆砸爛了……連這樣教授都認為比起鐵餅她更適合重劍的話，肯定是說明那位學姐用重劍的威力更大吧？

這、這就是四年級生的實力嗎？

想到自己幾年後也能變成這樣，新生們都露出嚮往的神情，越發努力的投入測試之中，渴望得到教授的誇讚。

「……切。」

看著周圍其他人崇拜羨慕的神情，站在最後的黑髮男孩不屑的撇了撇嘴。他輕蔑的掃了眼菲莉亞離開的背影，又沉默的移開視線。

▶◇◀◎▶◇◀

菲莉亞並不知道自己從此就留下了一個「在新生測試上曾有位學姐一下就用鐵餅砸爛牆然後卻毅然決然的選擇用重劍」的校園傳說，而且這個傳說將會流傳幾十年還越傳越離譜。

此時她正心情愉悅的走向宿舍。

「誒？這不是菲莉亞嗎……菲莉亞！」

走到半途，菲莉亞忽然聽到有人喊她，她順著聲音轉過頭，看見奧利弗正一個人走在路上，興奮的衝她揮手。

「奧利弗？」菲莉亞同樣打了個招呼。

她又朝他周圍看了看，並沒有發現歐文的身影，不由得有些微微的失望。

奧利弗立刻跑了過來，高興的問道：「菲莉亞妳也是在處理實習的事情嗎？怎麼樣，妳實習選好了嗎？」

菲莉亞回憶了一下尼爾森教授的話，覺得自己應該算是將實習選好了，於是她點點頭，道：「我準備換武器，所以尼爾森教授讓我當他的助教，方便教我怎麼正確的使用重劍。」

「重劍？妳要用重劍？！」奧利弗吃驚道，他剛才還以為菲莉亞的那把重劍只是拿著玩的，或者幫別人暫時拿著的呢。

不過奧利弗旋即高興起來，他自信的拍拍胸膛，說：「那妳要是有什麼問題不好意思問教授的話，就來問我吧！我會教妳的！啊……不過，我父親給我安排的實習工作是在王城那裡，但……呃……妳來王城的話我可以教妳啊！」

發現自己前後句搭不起來，奧利弗不好意思的抓了抓頭髮。

「謝謝。」菲莉亞還是感激的道謝。

除了學校安排的實習工作外，的確會有學生自己找實習。自己找的實習只要提交申請並經過學校的考核，確定安全性和難度都合適，就和學校安排的實習一樣能夠拿到學分。每年都有學生會選擇家裡安排的更為合適、對未來更有幫助的工作，而且一般由於「有關係」的緣故，都可以得到更高的評價。

奧利弗家境不錯，家裡會安排工作也很正常。

又和奧利弗簡單的聊了幾句，菲莉亞沒有想太多，扛著重劍告辭。奧利弗卻在和菲莉亞說再見後，望著她扛劍離去的背影呆了半晌，好久之後才回過神來。

一回過神，奧利弗拔腿就跑，一路跑回宿舍，直奔樓上，撞開歐文的房間門，一把抓住他的肩膀。

歐文原本正在看書，上一次和菲莉亞分別時，她的行為令他費解。和母親練習過之後，魔后就用魔法寄了幾本被撕掉封面的書給他，讓歐文潛心研究，據說對探究人類在兩性交往中的行為舉止很有幫助。

歐文才剛剛看了個開頭，還沒弄明白，奧利弗就氣勢洶洶的衝進來。

「歐文！你說得對！我不應該因為對手是卡斯爾就放棄的那麼早的！」奧利弗死死的瞪著歐文，眼睛瞪得很大，表情極為嚴肅，「我覺得，菲莉亞喜歡上我了！」

人生中有很多錯覺，其中最嚴重的一種就是「他／她也喜歡我」。

聽到奧利弗的話，歐文還捏著書的手指關節頓時啪啪作響，同時臉上的笑容也越發溫和親切了。

「……我什麼時候勸過你不要放棄的那麼早了？」

「我告訴你我喜歡菲莉亞的那天晚上啊！」奧利弗理所當然的說道，「你說菲莉亞只不過是收下了卡斯爾的項鍊而已，他們不一定會結婚的！我還有機會啊！」

歐文也想起了那個他用魔杖不小心揍暈奧利弗的夜晚……他好像的確問過奧利弗為什麼放棄的這麼快，以及為什麼卡斯爾和菲莉亞一定會結婚，但他真的只是因為好奇而隨便問問罷了。

——誰要勸你了啊混蛋！

——給我放棄啊！

「……可之前你不是說你也覺得菲莉亞不喜歡你嗎？」歐文勉強繼續擠出僵硬的微笑，按捺住把魔杖拿出來再給奧利弗一冰錐的衝動。

「因為當時我被卡斯爾的光芒蒙蔽了。」奧爾夫鬆開歐文的肩膀，將手指抵在下巴上，深沉道：「但現在我不會再這麼想了！你知道嗎，歐文？菲莉亞她今年換了新的武器！是重劍！是和我一樣的重劍！如果她不喜歡我的話，為什麼要特意換成和我一樣的武器？！她鐵餅扔得這麼好……」

——因為她的鐵餅不能扔了啊！

歐文聽見自己的後槽牙吱吱作響。

奧利弗卻越說越興奮了。

「而且我現在想想，菲莉亞和我說話的時候經常臉紅！」

「……是嗎？」

——那是因為菲莉亞和誰說話都臉紅好嗎！

——前幾天我去找她聊天的時候她還紅透了呢！

「不過今天她跟我說話的時候倒是沒有臉紅，和平時不一樣呢，神情很輕鬆的樣子……呃……臥槽，歐文！菲莉亞不會是準備向我表白吧！」奧利弗一拍大腿，頓時覺得這個假設極有可能，如果菲莉亞喜歡他的話，用這個來解釋反常再自然不過了！

歐文因為太生氣反而冷靜下來了。

他本來應該用「你就不想想卡斯爾也用重劍嗎」和「菲莉亞的劍就是卡斯爾家人送的」這種理由來輕鬆和平的摧毀奧利弗剛剛樹立起來的信心，但這一次，他不想再這麼做了。

於是歐文帶著溫柔燦爛的笑容，一手拿起了魔杖，另一手輕輕拍了拍奧利弗的肩膀，沉穩的說道：「決鬥吧。」

「……啥？」

第二章 魔族小王子的春夢

三十分鐘後，奧利弗躺在決鬥場上喘氣。

為了增進學生們的友情和實戰能力，冬波利學院設有專門的決鬥場來讓大家切磋，而且位置就在學院附設的醫院旁邊，雖然決鬥場的規定是點到為止，但萬一出事的話受傷的學生還是可以在第一時間得到救護。畢竟是勇者學校，平時使用決鬥場的人還是挺多的。

但因為要保持低調，歐文一向避免和同學發生衝突，也不接受他們的決鬥邀請，所以他還是第一次來到決鬥場。

此時，他默默的擦了擦使用完的魔杖，然後將它收起來。

和奧利弗精疲力盡躺下的狼狽樣相比，歐文只不過理了理衣衫就整齊了，看起來倒是相當從容不迫。

奧利弗：救命我真的好想弄死這傢伙！

「……歐文，其實你在嫉妒菲莉亞喜歡我吧。」奧利弗休息一會兒，體力稍微恢復，也能開口說話後，如此篤定的說道。

「沒有。」

說完，歐文又平靜道：「而且菲莉亞又不喜歡你。」

奧利弗狐疑的躺在地面上盯著他。

剛剛決鬥時，歐文真的完全沒有客氣。雖然的確沒有傷害他，從魔杖裡放出來的冰塊尖頭處都被削鈍，不會真的傷到人，但歐文全對著關節和膝蓋這種被砸到會特別痛的地方打！

他絕對是故意的！

除了嫉妒，奧利弗根本想不到別的理由。

奧利弗：「所以……你果然是喜歡菲莉亞吧！」

「沒有。」歐文彷彿早就料到他會有這種問題，因此神情仍然很平靜，「我們只不過是普通的好朋友。」

奧利弗的內心極為悲憤：鬼才信啊！！！誰會因為室友向普通朋友表白就決鬥啊！！！打的還超級痛好嗎！！！有幾下我感覺你惡意都要滿出來了啊喂！你有一瞬間想殺了我吧？你絕對有一瞬間想殺了我吧！！

老實說，奧利弗的自尊心是真的有些受挫了。

不僅是因為菲莉亞，還因為這場決鬥他幾乎被壓著打。

他原本以為自己是強力量型的優等生，在全校應該排名也不錯，但面對歐文的時候竟然完全沒有還手之力……

要知道，歐文的成績雖然不錯，但歐文主要是理論課高出平均水準，實踐課則總是中規中矩的，沒什麼特別突出的地方。

聽魔法系的同學說，查德教授確實頗為相信歐文的潛力，常常暗示他不要藏拙。

可奧利弗和其他人並不知道入學考試時的事，所以是真的覺得普普通通就是歐文的實際水準，歐文提出決鬥的時候他還想怎麼讓對方不要太丟臉，然而剛才……

——這傢伙還真的一直在藏拙啊！！！

不僅如此，歐文的體力看來是真的變好了，剛才他追著對方跑的時候，歐文竟然跑得比他這種物理系的還快！而且完全不覺得累！

要說這種變化能是成長期自然出現的，奧利弗打死都不信。

世界上許多出眾的勇者都是在學校唸書期間就留下驚人的事蹟了，所以他完全不明白歐文為什麼要隱藏實力，同時還糾結既然知道歐文的實際水準不止於此，他要不要和其他人說這件事……

——啊啊啊啊，好煩！菲莉亞已經完全不是重點了！

「喂，歐文——」奧利弗心情複雜的從地上爬起來，「你要是真的喜歡菲莉亞的話，可以大大方方說出來，我們公平競爭，我又不會笑你。」

歐文下意識的又把已經收進去的魔杖拿出來反覆摩擦，他淡淡回答：「沒有。」

「……你到底在嘴硬什麼啊？」

奧利弗感覺歐文嘴的硬度已經讓人十分想揍他了。

——如果不是情敵的話，那和我決鬥的是什麼？大舅子嗎？

總之，奧利弗表示他對歐文的言辭十分不信任。

他抓了抓頭，皺著眉頭說：「你們魔法師真是優柔寡斷，我是不明白……嘖，算了，我去醫務室上點藥，你自己玩吧。」

他一瘸一拐的走下決鬥場，衝歐文揮揮手，但過了一會兒，他又停下腳步，轉過頭。

「既然是你不希望我喜歡菲莉亞的話，你就應該直接跟我說，不要把卡斯爾學長搬出來啊。」奧利弗回頭對歐文喊道，「嘖，不過這次我真的放棄了……唔，仔細想想，我又覺得菲莉亞應該確實不喜歡我吧……用重劍的又不是只有我一個人。」

歐文雖然看見奧利弗在說話，也聽見了他在說什麼，卻站在原地一動不動，沒有回話。

於是奧利弗撇撇嘴，又衝他擺手，然後繼續一拐一拐的往醫院走去。

其實歐文的心情也挺混亂的。

本來他向奧利弗提出決鬥就是個很衝動的決定，是表面平靜、實際上卻驚濤駭浪的內心做出的判斷。現在他確實平靜下來了，但回想起剛才的決鬥，歐文仍然覺得後背發毛。有幾秒鐘，他感到自己的憤怒差點就要蓋過理智，甚至險些拋棄魔杖直接用雙手來使用魔法，並且真的傷害奧利弗了。

這種情感，讓歐文覺得十分陌生。

而奧利弗說的那些話，又加劇了歐文內心的混亂。

難道他真的喜歡菲莉亞？

但到底什麼是喜歡？為什麼呢？

這種感情和普通的友情有什麼區別呢？

歐文站在決鬥場上想了好久，卻始終沒有答案。

當天晚上，歐文做了一個夢。

時間回到在精靈之森那個風雨交加的夜晚……也可能是最開始入學考試他們掉進洞裡的那個時候……總之，時間和地點都模糊不清，不過歐文也不怎麼在意這些，在含糊敷衍的背景中，只有菲莉亞是清晰而明確的。

外面肯定是下雨了，因為她的衣服全部都緊緊的貼在身體上，睫毛和頭髮都沾著水。菲莉亞正坐在地上小心翼翼的把衣服上的水擰出來。

濕漉漉的衣物朦朧的勾勒出她身體的線條。

這一次歐文沒有把視線移開。

——為什麼？

歐文在想，明明看上去還是菲莉亞，但好像比他記憶裡任何時候的年齡都要大一些……肯定不是入學考試時的菲莉亞，似乎也比在精靈之森時要更成熟。

僅僅是因為幾個月的成長嗎？

就在他發呆的時候，菲莉亞卻抬起頭，十分無助的盯著他看。

「歐文……我覺得還是好冷啊。」菲莉亞好像有點在發抖，弱弱的說：「今天晚上的雨好像太大了……」

歐文問道：「生不起火嗎？」

「嗯……柴火都潮了，點不著。」菲莉亞難過的說：「這樣下去……我們會凍死吧？」

兩人沉默下來。

「那、那個，歐文……」她忽然低低的開口。

菲莉亞慢慢的解開了濕衣服的釦子，「要、要不我們抱在一起取暖吧……就、就像以前那樣子……」

歐文看見菲莉亞蜷縮在角落裡，卻顫巍巍的向他張開了雙臂。

然後，他的嘴唇不由自主的動起來，他聽見自己回答道——

「好。」

凌晨，歐文睜開眼睛，在認清這裡是自己的寢室，他躺的是床，看見的是天花板的一剎那，他猛地跳了起來！

然後用頭砸了牆壁一會兒……

等頭腦從被烤焦的狀態冷卻下來，已經是十幾分鐘之後了。

說不清楚內心究竟更多的是慶幸還是失落，歐文默默擦掉他撞出來——也可能不是——的鼻血，用魔法清理一下床鋪，去浴室洗了個澡，出來的時候竟然正好碰到同樣來洗澡的年長室友，對方瞭然的對他森然一笑。

室友欣慰的拍拍他的肩膀，一切盡在不言中。

歐文：「那個……我……只是做了個噩夢，出來清醒一下。」

室友的表情分明是「不要說了我都明白」，並沒有說話，只越發用力的拍他的肩膀。

歐文：「……」

於是歐文沉默的拍掉室友放在他肩上分外沉重的手，逃一般的跑回房間，把自己塞回被子裡，痛苦的將臉埋進枕頭裡……

——怎麼辦？天亮以後怎麼見菲莉亞……

——還沒有問她準備去哪裡實習呢……

▶◇◀◎▶◇◀

歐文那邊好不容易才輾轉反側的重新睡著，第二天早上醒來時仍然昏昏沉沉的，而菲莉亞卻抱著鐵餅度過了一個神清氣爽的夜晚。

既解決實習，又換好武器，菲莉亞渾身輕鬆，唯一的問題就剩下——

從那天把歐文關在門外之後，他們就沒有再聯繫過了……ORZ

並不清楚歐文比自己還糾結，菲莉亞十分擔心她最好的朋友是不是真的生氣了，畢竟一直以來都是歐文在照顧她和幫助她……

——要、要不趕緊去找歐文道歉吧！

下定決心，菲莉亞整理好衣裝，穿上鞋子準備出門。

床上還沒睡醒的鐵餅聽到動靜，揉著眼睛拉了拉菲莉亞的衣角，問道：「主、主人，妳要出門嗎？」

「嗯，我要去找一下歐文……」話說鐵餅為什麼會喜歡睡覺？

鐵餅迷迷糊糊道：「歐、歐文？那位喜歡主人的魔法師大人的兒子咩？」

菲莉亞的臉刷地紅了。

她好不容易才把這件事忘掉，可鐵餅一提醒又想了起來。

喜、喜歡她什麼的……

應該沒可能的吧……

歐文人這麼好，只要能和他一直做朋友，她就很開心了。QUQ

「主人？」見菲莉亞許久沒說話，鐵餅將眼睛縫勉強撐大了點，困惑的問道。

「嗯、嗯……」菲莉亞含糊的點點頭，然後下意識將鐵餅往棉被裡一塞，逃似的奪門而出，等關上房間門才終於鬆了口氣。

——總、總覺得，和鐵餅解釋太多的話，才、才顯得很心虛啊……

然而，菲莉亞其實已經不能更心虛了，她都能感覺到自己的心臟在一提到與歐文有關的字眼時，跳動速度就會超頻。

嘆了口氣，菲莉亞打算下樓。

這時，對面的門「咯吱」一聲打開，瑪格麗特從門裡走了出來。

「菲莉亞？」瑪格麗特微微皺眉，「妳也是出門去挑實習工作嗎？」

「瑪、瑪格麗特？」菲莉亞一愣。

菲莉亞還來不及告訴室友們關於她接受了在校內實習工作的事，因此她發愣並不是因為瑪格麗特的問題，而是因為——

「妳戴上眼鏡了？」

瑪格麗特的鼻梁上正架著一副細邊的眼鏡，透明的玻璃使她藍色的眼睛不再像原本那麼清亮，卻多了一絲冷靜嚴謹之感。

聽見菲莉亞這麼驚奇的問句，瑪格麗特略有幾分尷尬的推了推眼鏡，她還不太習慣臉上多出一副東西的感覺，總覺得到處都怪怪的。

「嗯。」她回答，「暑假就去配了，今天開始試著戴。」

瑪格麗特頓了頓，臉頰微紅，解釋道：「……沒有眼鏡還是不太方便。」並不是因為先前認錯人了覺得很丟臉。

——而且……

瑪格麗特抿了抿脣。

——下一次不會再認錯了。

菲莉亞倒是沒有想太多，她只是用力點頭，單純的為瑪格麗特終於能夠突破對眼鏡的心理障礙而高興。

她端詳了一下瑪格麗特的新形象，由衷的讚美道：「其、其實妳戴眼鏡也很好看的！」

「……謝謝。」

▶◇◀◎▶◇◀

就在菲莉亞出門的時候，歐文的宿舍裡極為熱鬧。

四年級生沒有課，在決定實習內容和實習正式上任之前又有一個月的閒置時間，如果不是需要回校報到的話，簡直就和多放一個月的假一樣，所以四年級生們總是有大把的閒暇時間……來八卦。

奧利弗並不是什麼事都憋在心裡的人，昨天歐文和他決鬥時帶給他的衝擊又太大，於是他一回宿舍就找室友們添油加醋說了一番。

然而室友們的重點顯然不是在歐文隱藏自己的實際實力上——

「什麼？！歐文為了菲莉亞和你打了一架？！」

「歐文為了菲莉亞差點把你殺了？！」

「等等，你們都喜歡菲莉亞？臥槽，我怎麼不知道！」

「你太傻。老實說歐文這傢伙我早就懷疑了，別看他平時一臉鎮定，一提到菲莉亞那個表情絕對不對勁！倒是奧利弗，嘖嘖嘖……藏得好深，想不到你是這麼有心機的男人啊奧利弗！對了，這件事迪恩你知道嗎？」

「啊？我倒是知道欸……」

於是，當歐文由於睡眠不足而頭昏腦脹的從樓上走下來時，迎上的就是包括奧利弗在內的七雙齊刷刷盯著他看的眼睛，尤其是昨晚他起夜撞到的那位較年長的室友，簡直就差在臉上寫「嘿嘿嘿」了。

歐文頓時感覺頭更痛了。

「歐文，你有什麼要解釋的嗎？」一名室友竭盡全力用滿臉的嚴肅來試圖掩蓋眼底的八卦之色。

「解釋什麼？」歐文皺起眉頭。

他下來的比較晚，沒有聽見他們討論的內容，不過從這群人的表情來看，不管怎麼想都不是什麼好事。

「就是……」

幾個室友不懷好意的對視一眼。

「菲莉亞啊……」

一聽到菲莉亞的名字，歐文瞬間清醒了一半。

昨晚夢中真實到難以忘懷的畫面如潮水般的湧入他的腦海中……她的髮絲，她的皮膚，她的神情，她的聲音和溫度……

幾乎是一剎那，歐文的腦袋連同臉頰「轟」的一聲被燒炸了。

迪恩懷疑的看著他，「……歐文，你的臉好紅啊。」=＿=

「沒有！」歐文幾乎沒有思考就下意識的反駁，同時他拿袖子用力搓了搓臉。因為被袖子搓過，臉變得更紅了。

「你在臉紅什麼？怎麼一提到菲莉亞你就這樣……」一名魔法師室友一邊戲謔的揚眉，一邊走過來勾住歐文的左肩，「我們還什麼都沒問呢。」

歐文惱怒的把臉頰轉向另一邊，然而迪恩卻掐著時間從另一側勾住他的右肩。

「承認吧，歐文，不就是喜歡菲莉亞嗎？」迪恩一邊搖頭、一邊拍拍他的肩膀，「不過事先說好啊，雖然奧利弗宣布他放棄了，但我還是站在奧利弗那邊！」

「什——」

歐文驚得說不出話來，由於做了昨天晚上那樣的夢，他立即產生了一種心思被人戳穿的窘迫感，而且不僅僅是被戳穿，連所有人都知道了！

歐文感覺到自己的心跳以非常誇張的速度不斷加快，他渾身上下的每一寸肌肉都因為過度緊張而僵硬，他幾乎無法動彈，舌頭亦不受控制，彷彿被人扼住咽喉，說不出話。

「為、為什麼你們要提菲莉亞！」好不容易，歐文才勉強擠出一句話來，可惜他試圖像平時保持泰然是不可能做到了，他控制不住自己提到菲莉亞的名字時就繃緊的肌肉。

「這話應該是我們問你吧？」迪恩聳聳肩，「你昨天不是因為菲莉亞而和奧利弗決鬥了嗎？奧利弗都把事情告訴我們了，你肯定是因為嫉妒吧？」

——但我昨天發起決鬥的時候還沒做過這種夢！！！

歐文的內心簡直是崩潰的，到今天早上醒來為止，他都是真的相信自己對菲莉亞的感情是純粹而乾淨的，絕對沒有別的骯髒的念頭！然而、然而……

「嗯？有人按門鈴，你們等等，我去開門。」沒有注意到歐文變得越來越難看的臉色，奧利弗從沙發上跳起來，走過去開門。

完全走出去之前，奧利弗同情的看了眼歐文。

其實大家逼問的都是這方面，他也覺得很無奈，他說出來的本意是想強調歐文隱藏實力的事情。昨天被歐文打中的地方到現在還隱隱作痛呢！可是其他人完全不關心他魔法水準的樣子……

就連個性一向溫吞內向、正在和南茜交往的傑瑞也相當老實的抓了抓頭髮，然後熱情的捶捶胸脯，激動道：「我、我理解你，歐文！如果有人要跟我搶南茜的話，我、我也會和他決鬥的！」

如果不是歐文的肩膀兩邊都有人的話，傑瑞簡直想慷慨激昂的去拍拍他。

歐文的心跳得極快，不僅是因為他們不斷提起菲莉亞，使他勾起昨晚的某些回憶，而且這一次他們都不再是詢問，竟是直接在他對菲莉亞的感情上蓋了章。

實際上，由於歐文總是被調侃和菲莉亞的「普通朋友關係」，多少也習慣了，平時只要微笑著強調一下他們友情的純潔性就好，歐文自己也相信他對菲莉亞的感情相當純淨，是極為正常的友誼。

然而……昨晚他竟然做了那樣子的夢。

歐文混亂了，他有一種自己褻瀆了菲莉亞的罪惡感，是他先背叛了自己和菲莉亞之間的關係……

而傑瑞的話，則是壓垮他情緒的最後一根稻草。

「不是你和南茜那樣！」歐文下意識的想要辯白自己，吼道：「我和菲莉亞是最好的朋友！僅此而已！我一點都不喜歡她！」

客廳內的氣氛詭異的忽然安靜下來。

歐文本來以為他們會繼續不鬧不休的調侃，沒想到所有人都剎那熄火，不由得感到很不對勁。

魔法師室友悻悻的放開了歐文，尷尬道：「那個……歐文，咳……菲莉亞來找你了。」

——菲、菲莉亞？

歐文下意識的抬頭往門口看去，果然看見奧利弗剛剛打開了門，菲莉亞雙手握在胸前，眨巴著眼睛望著他，眼中似有淚光。

她顯然聽到了自己剛才的話，歐文的心臟一瞬間幾乎停住。

「菲、菲莉亞！」猶如從上而下被澆了一盆冷水，歐文頓時被強行冷卻，臉上的紅暈快速消退，臉色轉為慘白，「那、那個，我、我不是……」

「歐文……」

出乎意料的，菲莉亞走進來，她特別感動、特別激動的握住了歐文手，「我、我也一直把你當作最好的朋友！一、一點都不喜歡你！真的！」QUQ

聽到歐文說並不喜歡她，菲莉亞在鬆了一口氣的時候，心底卻又隱隱泛出一些莫名的失落來，有種被小刺扎了一下的痛苦感。

不過她很快振作起來。

她本來就是過來道歉希望和好的，可歐文都說她是最好的朋友了，這樣已、已經不能更好了吧？QUQ

而且鐵餅說過的「喜歡」什麼的，肯定不是她想的那個意思，指的肯定是普通意義上的友誼……好險，差點她就會錯意了，幸好沒有主動問，好、好丟臉啊。_(:3)∠)_

相較於菲莉亞的酸楚兼失落再雜有一點慶幸的情緒，歐文這一邊……完全是遭遇了會心一擊，還是自己射的箭……

儘管早就料到菲莉亞對他除了友情以外肯定什麼想法都沒有，但實際聽到了仍然覺得刺耳，特別是在做了這個夢之後——

歐文發現自己竟然有內心深處的幻想被打滅的感覺。

菲莉亞很單純，就像昨天之前的自己一樣，對他們之間友情的純潔性堅信不疑。

歐文試圖將菲莉亞的言行做出解釋來安慰自己，可這份安慰起到的作用相當有限。他不知道菲莉亞何時會意識到友情和愛情的不同，難道她也做一個那種夢嗎？怎麼想都不可能啊……

而且，即使她真的戀愛意識萌芽，對象也未必是自己……

想到這個可能性，歐文忽然渾身難受。

歐文的室友們都屏氣噤聲的望著客廳裡互相握著手的兩個人，特別是歐文變幻莫測的表情……然後，他們不由得露出同情的表情。

——這才叫搬起石頭砸自己的腳，你好可憐啊，歐文。

最後還是奧利弗先嘆了口氣，走上前去替歐文解圍。他先拍拍菲莉亞的肩膀，轉移話題道：「對了，菲莉亞，妳之前說要當尼爾森教授的助教，是要留校實習的意思嗎？」

菲莉亞連忙放開歐文的手，點頭。

「不過只有半年而已。」她補充道，「是尼爾森教授擔心我沒法兼顧實習和換武器，才特別幫我的。」

「妳要留校？」歐文皺起眉頭。

再次得到菲莉亞的肯定回答後，歐文忍不住苦惱的推了推眼鏡。

歐文已經看過實習專案表了，留校的實習工作可不多，一般不是教授主動要求學生留校的話，是不會有這樣的機會。而且……就連冬波利都沒有太多的實習工作，一般來說實習都要被分布到王國之心各地，甚至有些工作會遠到其他地區。

如果菲莉亞留校的話，他們這一年恐怕就要分開了……

——怎麼可以分開！奧利弗這傢伙離得這麼近！而且萬一她碰到別的什麼人，一下子開竅了呢？！

這時，菲莉亞同樣緊張的咬咬唇。

「歐文，你呢？實習準備去哪裡？」從入學考試到精靈之森，她都和歐文組隊，除了暑假，基本上從來沒有分開過，菲莉亞不想和他分得太遠。

萬一歐文要去其他地區的話，不是就只能和哥哥一樣寫信溝通了嗎？

要知道今年也有去風刃地區的實習專案，有不少學生都是為了回家方便才選擇在自己家鄉的地區實習的。

不過歐文的下一句話讓菲莉亞安下了心。

歐文彷彿已經從之前的窘迫中冷靜下來，重新換上菲莉亞最熟悉的微笑，溫和而冷靜的說道：「那我也去問問看有沒有教授願意讓我留下來幫忙吧。」如果不同意的話，只能丟幾個在人類看來是有悖倫理的黑魔法過去了……

「你瘋啦？」迪恩頓時瞪大眼，「實習對以後的工作方向可是很重要的吧？！」

奧利弗贊同的點頭。

菲莉亞是要換武器才留校的，這沒有辦法，再說雖然菲莉亞很強，可她溫柔膽小的個性給人印象太深刻，大家總是隱隱存著她畢業後說不定就會因為害怕危險而轉業的想法。

但歐文並不同，他將來如果想要作為勇者活躍於魔法師之中的話，一份和勇者專案有關的實習，例如傭兵，會很有利於他瞭解這份行業的實際情況，同時畢業後會更受傭兵團隊的青睞。

比如迪恩想要在畢業後服役於皇家護衛隊，他今年的實習便申請了被推薦去護衛隊下屬的少年軍進行實習。奧利弗家裡替他準備的工作亦差不多有同樣的作用。

相較來說，歐文的想法實在讓人不能理解，只是為了陪菲莉亞就選擇輕鬆但沒什麼用的留校？難道他準備畢業後留校當教授嗎？而且連學校本身也比較喜歡有過實際經驗的人當老師啊喂……

聽到奧利弗和迪恩的說法，菲莉亞剛騰起的喜悅亦快速冷卻下來，擔憂道：「對哦……歐文，你留下來陪我，沒關係嗎？」

「沒關係。」歐文無所謂的聳肩，「不是只有半年嗎？」

其實作為一個準備畢業就回國，家裡還有一對魔角等著他戴的魔族王子，實際上完全不擔心在海波里恩的就業問題，他到勇者學校來原本就只是因為預言。

想到預言，歐文越發覺得煩悶起來。

德尼夫人的預言要點有三個：

一、這個勇者會操縱世界上最強大、最神秘的魔法，那麼他一定是位魔法師。

二、他在年少時就已經展現出非凡才能，這說明他應該是位天才型的人物，並極有可能在小時候便已揚名。

三、他會在帝國的心臟學習，並在這裡集結到宿命的同伴，可見他應該在王國之心的勇者學校就讀，並且他的勇者團隊成員會從他的同學裡選出來。

歐文目前認為這個預言裡的勇者最有可能是卡斯爾，在一定程度上來講，他能夠完全符合所有條件。但入學整整三年多，他除了監視和觀察卡斯爾之外，並沒有做出太多行動。一來是歐文畢竟和卡斯爾不是同一個年級，更是由不同的教授來指導，因此與卡斯爾接觸的機會不多，他能動手的機會也不多。二來……

儘管卡斯爾很符合預言，可同樣存在不少疑點，這令歐文不敢十分肯定他宿命的對手就是卡斯爾。

首先，關於那個最強大、最神秘的魔法……

卡斯爾雖然擁有使用火系魔法的天賦，魔法水準亦很高，但他的主要重心似乎還是在物理系的劍上，畢竟他父親是個用劍的傳奇勇者，對魔法並沒有特別關注，更沒刻意去尋找什麼厲害的新魔法；另外，在歐文看來，海波里恩的魔法水準很低，遠遠落後於全民都是魔法師且不限制任何種類魔法發展的艾斯，作為魔族小王子，他無論從理性還是感性都無法想像會有足夠毀滅一個王國的強大魔法出現在魔法技術滯後的海波里恩。

其次，所謂的命運的同伴……

卡斯爾的確有不少朋友，或者說，整個學院裡的學生都是他的崇拜者。不過，可能是因為所有人都太過推崇他的原因，他反而沒什麼特別深交的朋友，在學校裡和誰都玩得開，卻仍然獨來獨往。

歐文並不認為所謂的「命運的同伴」會是卡斯爾的那些崇拜者，盲目迷戀一點都不利於一支勇者團隊的長期穩定。

儘管大家都知道卡斯爾在畢業後肯定會組織屬於自己的勇者團隊，且大多數人都迫切的想加入卡斯爾的陣營，和他一起組團的吸引力簡直不亞於進入皇家護衛隊當軍官——誰都認為卡斯爾極有可能會是下一個傳奇勇者——然而，卡斯爾到目前為止都沒有向任何人發起畢業後一起組隊的邀請。

——他都五年級了，還剩兩年畢業，再不找隊友真的來得及嗎？

連歐文都忍不住對此有所懷疑。

德尼夫人只說足以滅亡艾斯的勇者會在王國的心臟入學，但王國之心地區的勇者學校並非只有冬波利學院一所，在王城就有兩所和冬波利齊名的勇者名校，此外大大小小的勇者學校還有很多……

萬一預言的勇者真的不是卡斯爾呢？

明年的學院競賽可能是個觀察其他學校勇者的好機會……

他自己也沒有太多時間了，他今年四年級，還有三年就要畢業，在海波里恩的時間已經過去一半……

歐文暗暗計算著剩下的時光和需要做的工作。

接下來如果再沒什麼進展的話，他或許會考慮暑假亦繼續留在海波里恩。

第三章 學姐，我要和妳決鬥

相較於常年積雪的風刃地區、地勢高峻因此四季清爽的西方高原，還有逐漸入秋的流月地區和王國之心，九月份的南淖灣仍然是沒有任何涼爽跡象的盛夏。

不過，多虧了這種炎熱多雨的氣候，南淖灣的作物總是可以一年三熟到四熟，以農為業的居民們四季無休，過著終年充實而平靜的生活。然而，在這個和往常一般無二的季節，只有一戶人家的處境與艾麗西亞小鎮的氣氛格格不入。

他們便是經營鎮中唯一一家麵包店的羅格朗太太和她的兒子馬丁。

小鎮裡沒有秘密，羅格朗先生和羅格朗太太婚姻破裂的事，哪怕他們自己誰都沒有往外說，也會有管不住嘴巴的風將秘密吹進隔壁鄰居的耳朵裡。

波士太太無疑是得知這個消息後最開心的人，她和羅格朗太太常年勢均力敵的狀態終於被打破了，而且還是以她的勝利告終。

她恨不得每天都能到羅格朗太太的面前以優勝者的姿態炫耀個夠，可出乎意料的是，羅格朗太太既沒有如同她想像一般哭天喊地，也沒有露出任何不滿或者淒慘的狀態；她的腰背甚至比以前挺得更直，臉色更好，還默默關掉了經營許多年的麵包店，據說是要休整。落敗的對手竟然完全沒有落魄的模樣，這令波士太太那顆渴望優越感的心無處落腳，彷彿一拳打在棉花上，極為不舒服。

如果不是她的丈夫在離婚時給她留下一筆鉅款的話，只憑羅格朗太太怎麼可能停掉唯一的生計去休息，還過得那麼好呢？說什麼休整，肯定只不過是偷懶而已。

波士夫人朝著對門的窗子不屑的冷哼一聲，高高的抬著下巴走回房間裡。

就在這個時候，住在波士太太隔壁的十五歲的馬丁．羅格朗收拾好了包裹，準備踏上離家的道路。

「媽媽，那麼我去王國之心了。」馬丁道，他之前已經和羅格朗太太商量過，「我準備去冬波利，我答應了菲莉亞要去看她。」

羅格朗太太……不，安娜貝爾．瓊斯女士，同時也是菲莉亞的母親，平靜的點了點頭，道：「去吧……我在艾麗西亞還有一些事情要處理，等處理完我就去找你。」

經過這段時間的討論，他們決定賣掉在艾麗西亞的房子和一些難以轉移的資產，離開這個實際總人口只不過幾千人的小鎮，然後……重新開始。

是時候去看看王國之心到底有多遠了，瓊斯女士這麼想著。

▶◇◀◎▶◇◀

不出三天，歐文竟然真的得到了教授助教的留校實習工作。只不過出人意料的是，讓他留校當助教的並不是十分看重歐文的查德教授，而是伊蒂絲。

菲莉亞知道這個消息後，對不用和歐文分開自然十分高興，但……

「——伊蒂絲，妳為什麼把查德的學生留下來當助教？」

漢娜推了推眼鏡，細長的眼睛透過鏡片銳利的盯著她，彷彿要在她臉上戳個洞。

不只是菲莉亞和一些學生不明白伊蒂絲的想法，就連伊蒂絲教授的同事們都無法理解她突然就來這套的思維。

漢娜作為這個教師組中的組長，自然有一定威壓。在她的審視目光下，有時候連人高馬大的尼爾森教授都忍不住要抖一抖。

可伊蒂絲仍然不為所動，就像漢娜根本不存在一樣，一條胳膊擱在椅子背上，一條腿架在桌子上，懶洋洋的仰頭看著天花板。

聽見漢娜教授的問話，她才勉為其難的張了張嘴，道：「他不是冰系的魔法師嗎？」

「啊？」

見漢娜好像還沒有反應過來，伊蒂絲勉強直起身子，摸了摸自己的肚子，稍微詳細的解釋：「這個說不定也是冰系的魔法師……我又沒養過會魔法的小孩，先演練一下。」

漢娜：「……」

「說得好像不會魔法的小孩妳就養過一樣。」漢娜嘆了口氣，「這麼說來，妳懷的確實是查德的孩子了？」

儘管查德暑假裡向伊蒂絲求了幾次婚，可實際上由於伊蒂絲一向隨便又任性的作風，大家一直不太確定她懷孕真的是因為查德。

「大概吧。」伊蒂絲翻了個白眼，「不是說會給學校添麻煩，所以不能碰精靈嗎？」

得到肯定的答案，同時看著對方滿臉無所謂的樣子，漢娜心情有些複雜的將視線轉移到伊蒂絲漸漸隆起的腹部。

她讓查德和伊蒂絲一起去精靈之森，當然不是為了讓他使伊蒂絲懷孕的……雖說他們都是成年人……

在漢娜看來，儘管伊蒂絲實際已有二十七歲了，可心智仍是個孩子呢，讓這樣一個大孩子去照顧嬰兒……怎麼想都讓人覺得不安。

「那妳怎麼不接受查德的求婚？」

查德雖然碰到伊蒂絲的事，頭腦就會一下子變得很不清楚的樣子，但感覺多少比伊蒂絲本人要可靠多了。

伊蒂絲略微沉默了幾秒，「我為什麼要接受？」

漢娜竟然被這個無論答案還是問題本身都很直白的問句噎了一下，她皺起眉頭，「我知道妳不喜歡定下來……但妳不是都懷孕了嗎？」

「我懷孕是因為我想要孩子，跟和查德結婚有什麼關係？」

「難道妳生了孩子卻不準備結婚？」

「我想要孩子，但不想結婚，哪裡矛盾了？」

兩個人之間互相連拋了幾個問句，卻誰都說服不了誰。漢娜望著伊蒂絲坦然望著她的漂亮眼睛，忽然生出一種和年輕人無法溝通的無力感。

漢娜自己也沒有結婚，同時也沒有孩子，因為她一直沉浸於提升自己的各種技術，並將大部分生命都獻給教學，希望能培養出很多優秀的未來勇者。和放縱的伊蒂絲不同，她一貫冷靜自持，並和異性保持距離，認為那些親密的行為太過輕浮，很不端莊。

漢娜忍不住又嘆口氣，道：「伊蒂絲，妳的孩子會需要父親的，妳多少要為他考慮。」

「我哪裡不為他考慮了？我最近都沒有抽菸。」

漢娜：「……」

對於伊蒂絲理直氣壯的話，漢娜竟然有種無言以對的感覺。的確，讓伊蒂絲為了什麼人而改變自己的生活方式，這可是絕無僅有的事。相比之下，說艾斯那個大魔王準備一口氣炸掉世界上所有沒有結冰的大陸，聽起來可能性還要高一點。

伊蒂絲的菸癮是在她從冬波利畢業、被老利奇糾纏跟蹤的那十年裡染上的，之後從來沒有戒掉過，一旦她感到有壓力或者無聊的時候，就會控制不住的抽菸。但自從懷孕後，漢娜的確再也沒有看見過她抽，剛從精靈之森回來時偶爾還會忘記，不小心就摸幾根菸出來，但剛點上就會皺起眉頭吐掉。而最近一、兩個月，伊蒂絲已經完全不碰菸了。

辦公室裡頓時清新很多，只剩下希勒里身上偶爾魔法元素暴走時會有的焦味，以及尼爾森教授有時工作過度又沒時間洗澡的汗味。

「……伊蒂絲，妳難道一點都不喜歡查德嗎？」漢娜的口氣軟化下來，無奈的問道。

然而這個問題卻讓伊蒂絲沉默下來，大概一、兩分鐘後，她那雙一貫嫵媚的眼中露出些許迷茫，「我不知道。」伊蒂絲說。

▶◇◀◎▶◇◀

和其他還沒有決定實習工作，以及決定以後還有一個月實習緩衝期、最晚可以拖到十一月開始的學生不同，菲莉亞是助教，尼爾森教授只讓她休息兩、三天，在新生們開始上課的第二週，她就得開始自己的工作了。

她不僅是助教，也是學生，在幫助尼爾森教授的同時，還要學習新換的武器重劍。目前尼爾森教授的安排是讓菲莉亞早晨上課前提早一小時到達，然後他單獨指導菲莉亞如何使用重劍。等一、二年級的學生到達後，尼爾森教授先教導一年級，菲莉亞去指導二年級的學生；等尼爾森教授轉來教授二年級生時，菲莉亞再去照顧一年級生。

她的工作主要有兩項，一是糾正低年級生們不標準的姿勢和動作，二是防止他們在練習中發生衝突或者受傷。

第一天不管是練習還是工作都很順利。菲莉亞使用重劍的基礎本來就已經比其他新手好了，同時尼爾森教授知道菲莉亞溫吞的個性，也不想將她逼得太急，所以今天只是進一步檢查她使用的姿勢，並進行一些微小細節和發力的調整。

那天第一次看菲莉亞用重劍時只是大致瞧了瞧，所以尼爾森教授還沒有太吃驚，只是欣賞而已，而這天早晨他是單獨輔導菲莉亞，在觀察過她是如何揮出一劍之後，尼爾森確確實實被震驚到了。

標準……除了教科書一般的標準之外，幾乎無法做出別的評價。要知道，教科書般的姿勢只是作為一種理論存在的，是理想化的狀態，在實際操作中絕對無法複製出一模一樣的動作來，哪怕是最重視細節、基礎最紮實的勇者，也不過是在無窮小的狀態中接近那個理想值而已。但菲莉亞……

她簡直就是教科書本身。

尼爾森在最初調整了菲莉亞手臂用力的幅度後，她就保持著那個最完美的姿勢練習了一個小時的揮劍。菲莉亞渾身上下的肌肉彷彿都有自己的意識，並且天生就知道該如何運用自己在整體協調中的作用。

尼爾森教授親自摸過那把劍，當然知道菲莉亞揮的是比尋常重劍更重上許多的武器，而菲莉亞沒有停歇的揮了一個小時，臉色竟然沒有任何變化！

——這個孩子……

菲莉亞並不知道尼爾森教授的內心想法，她認為自己只是按部就班的完成了任務，在開始上課後，很快就把重心放到一、二年級的學生身上。

不知道為什麼，這群低年級生雖然都很認真，但好像十分怕她啊……

沒過幾個小時，菲莉亞就疑惑的發現不少學生看她的眼神充滿敬畏，還有每次她將視線放到誰身上的時候，那個人就會忽然變得賣力起來，不要命的開始甩手上的武器。

……儘管這樣對當助教的她來說還挺方便的，但為什麼呀？QAQ

難、難道她長得很可怕嗎？菲莉亞一肚子困惑。

其實這只是她上一次和尼爾森教授試劍的後遺症，新生們都還深刻的記得這位外表可愛親切、好像沒什麼殺傷力的學姐是怎麼用鐵餅砸碎一面牆的，巨大的反差實在難以忘懷；尤其是在經過一個星期的學習之後，當時畫面的震撼被記憶放大，而且越來越感到自己和四年級學姐之間鴻溝般的差距，低年級生都不禁有一種身為弱者的無力感。

於是這種無力感，在重新見到菲莉亞後，就全部轉化成了尊敬和恐懼。

──學、學姐她竟然是助教……

──要是偷懶被看見的話她會不會一個鐵餅甩過來……

──會死吧，絕對會死吧……

為了不被鐵餅甩死，低年級生練習的時候頓時賣力了許多。當然，某種意義上也是隱隱期待引起菲莉亞的注意，如果被那麼優秀的學姐表揚的話，肯定會很有面子！

這種現象落在尼爾森教授眼中，則無疑變成了一種令人欣慰的狀態。

──果然大家都被菲莉亞的精神感染，變得更有朝氣了嗎……真不愧是菲莉亞啊！

尼爾森教授暗暗再次對菲莉亞點頭。

此時，注意到教授對菲莉亞欣賞的眼神，站在隊伍最邊上的黑髮男孩用力咬了咬牙，氣惱的將手裡的大刀往地上一砸，發出「砰」的一聲巨響。

「喂，你幹嘛啊！」站在他旁邊揮劍的女生不滿道，「知不知道亂扔武器很危險的啊！你再這樣的話，信不信我把菲莉亞學姐叫過來了！」

「關妳什麼事！」男孩翻了個白眼，「連她都怕，你們這群沒用的東西！告訴妳，像那種小女孩，我十分鐘就可以打倒！」

「說得你好像年紀很大一樣。」女孩被激怒，冷哼一聲，目光在地面上瞟了一下，語氣越發不屑：「你是從哪裡來的鄉下人，用的刀摔一下就斷了……就算是用南淖灣的泥土捏的武器，都不至於這麼爛吧？！」

男孩的臉蹭地紅了，「是、是我力氣大好嗎！」

「就你？」女孩上下掃視了一番男孩的身材，口吻輕蔑道：「不要吹牛了。就你這樣，竟然還想打敗菲莉亞學姐！而且連武器都買不起……我看你還是早點退學回家或者轉到輔助類去吧，小矮子！」

練習的隊伍是按照身高排的，男孩站在最邊上一個，說明他是所有人中最矮小的，連女生都比不過。

這些侮辱性的話顯然正好戳中他的痛點，男孩頓時暴怒起來。

「妳給我閉嘴！告訴妳，等我武器修好，我馬上就去挑戰那個什麼菲莉亞！讓尼爾森教授……不，讓你們所有人都見識一下！誰才是教授最優秀的學生！」

▶◇◀◎▶◇◀

轉眼，菲莉亞擔當助教已經有三個星期了。這期間，包括室友在內的同屆同學，都相繼挑好自己的實習工作，陸續離開了學校。在菲莉亞看來，學校頓時變得冷清不少，到處都見不到熟面孔，反倒是一些強力量型的新生經常跟她打招呼。

宿舍裡也只剩下她和瑪格麗特，連溫妮都率先一步離開冬波利了。瑪格麗特之所以還留著，據說是為了再適應一下戴著眼鏡的生活，最近她戴眼鏡出門已經比之前自然了許多，正因為如此，溫妮才敢放心的離開。

「……菲莉亞，我看上去真的不會很奇怪嗎？」瑪格麗特站在鏡子前，不安的拉了拉菲莉亞的袖子。

「不會，很適合妳啊！」菲莉亞篤定道。

她其實並不是很確定瑪格麗特問的「奇怪」是指眼鏡還是衣服，不過在她看來，瑪格麗特無論怎樣都十分漂亮就是了。

瑪格麗特比她大一歲，十三歲的年紀如同含苞待放的玫瑰。她高䠷、美麗，一頭引人注目的酒紅色長髮總是柔順的披在肩頭。由於常年練劍的關係，瑪格麗特身上又有種凜冽颯爽的氣質，相當吸引人。

當然，因為視力一直不好，即使戴上眼鏡已經有差不多一個月的時間，她僵硬冷淡的表情仍然沒有好轉，可能會讓不熟悉的人有距離感。然而，正因為知道這些，和瑪格麗特關係很不錯的菲莉亞，才會覺得在鏡子前面努力擺出一個溫和親切表情的瑪格麗特大小姐實在笨拙的可愛。

「真的……真的不奇怪嗎？」瑪格麗特微微蹙起眉頭，不太肯定的又問了一遍。

「真的。」菲莉亞無奈的苦笑起來，其實這已經是她今天上午第五次回答大小姐同樣的問題了，「而且……我哥哥肯定不會在意這些的。」

事情是從一週前菲莉亞接到哥哥馬丁的來信開始的。

馬丁說家裡的事情差不多穩定下來了，他這幾天會來冬波利看菲莉亞，像之前約定好的那樣，不僅如此，說不定再過一段時間，媽媽也會一同到王國之心來。

菲莉亞得知哥哥要來，當然很高興，不過令人意外的是，瑪格麗特知道後，似乎比她更高興……

當天下午，菲莉亞做完尼爾森教授那裡的實習回來時，就看見瑪格麗特拎著許多大包小包回來了。

因為溫妮已經到別處實習，所以平時跟班會主動做的事，現在瑪格麗特都只能自己來。菲莉亞看到面無表情將東西擺滿一地的瑪格麗特時，實在難以不吃驚。

「瑪、瑪格麗特，妳去幹什麼了？」菲莉亞驚訝的問道。

「買衣服。」瑪格麗特微微蹙眉，「適合平時穿的衣服，我沒有帶來。」

菲莉亞：誒？Σ(ﾟ△ﾟ|||){

菲莉亞使勁回想了一下，瑪格麗特的確是平時用來上課的劍士服或者護甲比較多，甚至有時候休息日為了圖方便或者因為要練習，所以也依然穿著劍士服，但普通的衣服並不是完全沒有，尤其是最近放假，菲莉亞明明記得前幾天剛見過瑪格麗特穿了條裙子。

所以她又去買了很多回來？為、為什麼啊？

要知道大小姐雖然漂亮，但並不是十分注重外貌，且她不喜歡出門，買衣服什麼的……太稀奇了。

就在菲莉亞驚訝的時候，瑪格麗特頓了頓，夾雜著一絲若有若無的緊張，問道：「妳哥哥他……哪一天會到達？」

時間回到現在——

瑪格麗特好像默認要和菲莉亞一起去見她哥哥馬丁了，菲莉亞倒是無所謂，她的朋友願意去見她的家人，而且準備還十分隆重，她當然是很開心的。

只不過，她還是有點疑惑而已。

——瑪格麗特和哥哥，應該沒什麼交集……吧？

不知道馬丁是不是特意算準了時間，這一天湊巧是休息日。由於一、二年級生都不用上課，菲莉亞自然也不用參加實習，她幫著莫名對這件事極為認真的瑪格麗特收拾了一、兩個小時，然後兩人才一起到校門口去等馬丁。

因為放假的關係，校門口來來往往的人很多，也有住得近的家長特意過來看孩子。

菲莉亞站在校門口探頭探腦，目光不停的從所有棕色頭髮的男性身上掠過。

忽然，菲莉亞感覺到身邊的瑪格麗特一下子捏緊了她的手，她意識到什麼，順著瑪格麗特的目光看過去，果然看見一個介於少年和青年之間的高瘦男性緩緩朝這裡走過來。

「哥哥！」

菲莉亞一眼就認出了馬丁，她眼睛頓時亮了起來，用力朝那個方向揮手。

不遠處的少年似乎也看見了菲莉亞，嘴角慢慢抬起一個溫和的弧度，然後抬手輕輕朝菲莉亞揮了揮，同時步伐加快，沒一會兒，馬丁就站到了菲莉亞眼前。

看到菲莉亞，馬丁的眼睛便略帶笑意的彎起來，他仔仔細細的打量她，然後摸了摸她的頭，問道：「……之前幾個月妳和爸爸相處得怎麼樣？在王城還習慣嗎？」

「還、還可以。」菲莉亞點點頭，回答。

實際上還是不太習慣的，畢竟王城和南淖灣的艾麗西亞實在差太多了，而且她和羅格朗先生也不怎麼熟悉……

不過，她不想讓哥哥太擔心，並沒有將這些說出來。

作為看著她長大的兄長，不可能感知不到妹妹試圖隱藏起來的低落。馬丁又安慰的摸了摸菲莉亞的頭，將她本來就微捲的頭髮摸得更稍稍翹了起來。

這時，他視線落到菲莉亞身邊的紅髮女孩身上，然後不由得愣了愣。

「這是瑪格麗特，瑪格麗特‧威廉森。」菲莉亞小心翼翼的提醒道：「哥哥，去年家長會的時候，你們有見過……」

她總覺得瑪格麗特好像特別期待和哥哥見面，因此深怕哥哥已經把瑪格麗特忘掉了。

幸好馬丁只是短暫的愣了幾秒，很快反應過來，恢復成平常溫柔的微笑，「我記得的。妳好，瑪格麗特。」

他伸出右手，想和瑪格麗特禮節性的交握。但瑪格麗特並沒有理會，她只是死死的注視著馬丁那雙在陽光下隱隱泛著金色的眼睛。

戴上眼鏡之後，瑪格麗特原本熟悉的模糊世界離她而去，取而代之的是一片更加清晰、卻也更加陌生的新天地。她能看見樹葉隨風微微擺動，看見雨水落進湖水泛起漣漪；另外，她還是頭一次看清了從小和她一起長大的溫妮，以及入學之後始終與她關係密切的菲莉亞的長相。

此刻，站在她眼前的少年，無疑也是個十分陌生的人。不再是記憶中只有一雙金色眼睛分外鮮明的剪影，而是一個高長而削瘦、神情柔和的男性。

瑪格麗特一言不發的仰頭望著他。

馬丁奇怪的側了側頭，保持著微笑皺起眉頭，問：「怎麼了，我臉上有什麼嗎？」

馬丁正要收回抬在半空中空蕩蕩的手，不料卻被瑪格麗特毫無徵兆的一把抓住！

趁著馬丁發怔的幾秒鐘，瑪格麗特的另一隻手已經一把將掛在脖子上的鑰匙扯了下來，然後猛地塞給對方。

「……還給你。」她說，「我不需要你的幫忙，也能通過考試。」

「……啊？」菲莉亞被突然發生的事嚇了一跳，尚不在狀況中。

而且，她總覺得瑪格麗特的語氣比平時還要生硬……

其實不只是語氣生硬而已，瑪格麗特的臉頰微微發紅，剛將鑰匙塞進人家手裡，雙手就背到身後攥緊，這顯示出她的情緒極為不穩定。

馬丁卻從一瞬間的驚訝中回過神，然後無奈的笑起來。

「原來妳還記得啊……抱歉，我做了多餘的事。」

——誒？

——誒誒？

——誒誒誒誒誒？！Σ(っ°Д°;)っ

菲莉亞足足傻了五秒鐘，才從哥哥和瑪格麗特的對話裡意識到什麼來。

她仍然對到底發生了什麼事不明所以，但多少能夠猜出一點頭緒。瑪格麗特拿出來的那把鑰匙很眼熟，由於已經隔了幾年，菲莉亞好一會兒才想起來那是入學考試時要求他們尋找的鑰匙。

說到入學考試，還有聯想到這幾天瑪格麗特情緒反常的行為……能夠讓瑪格麗特這麼激動的，難、難道說……

難道說她總提起的那個在入學考試時幫了她的人，竟然是哥哥嗎？！

說起來，瑪格麗特落選那一年，湊巧是哥哥能夠參加考試的最後一年。而且如果是最後一年的話，哥哥為了抓住機會把王國之心內所有的學校都考一遍也不奇怪啊……

腦海中的思緒漸漸清晰起來，同時菲莉亞的心情亦變得有些複雜，她小心的端詳著兩位當事人的臉色。

哥哥的臉上像是寫滿歉意，而瑪格麗特……

即使是十分熟悉大小姐脾氣的菲莉亞，看著她將頭轉向另一邊的姿勢以及飽含怒意的表情，也不禁有一些疑惑。

——所、所以，哥哥他真的做了什麼讓瑪格麗特非常生氣的事嗎？

菲莉亞困惑的看向瑪格麗特，可瑪格麗特的視線仍然焦慮的望著馬丁。

——不是的！不是這樣的！

儘管瑪格麗特看上去還是那副既冷淡又傲慢的樣子，且眉宇間滿是怒氣，實際上內心卻在翻江倒海。

她、她想說的明明不是這些……她並沒有想要責怪對方，更沒有希望對方因幫她的事而感到愧疚。在過去的這幾年中，她明明已經將道謝、道歉的話在心中演練了無數次，每一天睡著之前都在想像終於重新見面時，要怎麼樣才能露出不被討厭的表情。然而這一天真真切切到來的時候，她的行為、話語和神情竟然都不再受控制了！

瑪格麗特飽受煎熬，連她自己都不明白自己為什麼要說出那麼討人厭的話。如果時間可以倒流的話，如果可以倒流的話……

「算了。」瑪格麗特生硬的說道：「我並沒有責怪你的意思。」

又沉默了幾秒，瑪格麗特再次開口：「……還有，以後我會戴眼鏡。」不會再認不清長相，不會再認錯人。

「……嗯？」馬丁並沒有太理解瑪格麗特跳躍的思維，露出些許困惑的表情。

他回憶了一下，想起當時瑪格麗特的確好像因為沒有戴眼鏡而視力不太好的樣子，於是忍不住微微一笑。

時間真是奇怪的東西，在他當時看來，十一歲和九歲是很大的差距，而瑪格麗特只是個很小的小女孩，只比他妹妹大一歲而已，因此那些有點傲慢、冷淡的神情，反而帶著讓人忍俊不禁的可愛，會讓他想到同樣不擅長和人交往的菲莉亞。而現在，當年的小女孩轉眼就成了少女，實在很難讓人不產生一種恍惚感。

——終於決定要戴上眼鏡了嗎？

於是馬丁笑著鼓勵道：「那太好了，妳戴眼鏡其實也很好看。」

他只不過是覺得決定戴眼鏡是個比較成熟的決定，但這句話成功讓瑪格麗特的臉頰隱隱又紅了一層，同時她內心深處的某種不安漸漸平靜下來。

——這樣的話，等下次回家再去挑幾副眼鏡吧。

馬丁這一次過來主要還是探望菲莉亞，因為父母離婚的突發事件，他們沒能像往年一般在家裡好好相處幾個月，所以有許多話沒有說。

其他室友都去實習，瑪格麗特也沒有意見，於是菲莉亞乾脆將馬丁帶回了宿舍。她向哥哥彙報了去年一年在精靈之森發生的事，哥哥則多少說了些艾麗西亞和媽媽的情況，得知母親和家裡都沒有問題，菲莉亞終於鬆了口氣。

轉眼到了黃昏，馬丁準備告辭離開。

「……你住下來也沒有關係。我們有空的房間。」在馬丁要走的時候，下午一直比較沉默的瑪格麗特忽然開口挽留道。

自從娜娜停學之後，菲莉亞她們宿舍並沒有新人搬來，因此常年空著一個房間，多住一個客人並不是難事。

馬丁笑了笑，委婉拒絕：「不用了，我已經在旅店租了房間，行李都放在那裡。」

聽他這麼說，菲莉亞也隱隱有點失望。

馬丁對學校內的路還不太熟悉，所以菲莉亞將他送到校門外，臨別之前，馬丁再次摸摸她的頭，「我還會在這裡留幾天，妳有空的時候可以來找我。還有……」

馬丁頓了頓，「不用擔心我和媽媽，媽媽現在的狀況好像比以前還要好。我想再過一段時間，我們就會重新步上正軌了。」

哥哥回旅店之後，菲莉亞一個人慢慢往回走。

「喂——等等！停下！該死，我讓妳等等！——停下，妳是聾子嗎？！菲莉亞！」

聽到自己的名字，菲莉亞這才意識到剛才那個吵吵鬧鬧的聲音是在叫她。她略帶疑惑的回過頭，這才看見一個扛著一把大刀的黑髮男孩正目光灼灼的盯著他，滿臉凶狠不滿之色。

「你是叫……佩奇？」菲莉亞不太確定的問道。

這個男孩似乎有點眼熟，她恍惚記得他是尼爾森教授課上的一個一年級生，也是自己助教工作需要輔導的學生之一。但尼爾森教授的學生數量不少，菲莉亞暫時只能將他們的名字記個大概。

佩奇其實還算是個顯眼的學生，因為他之前某節課不知怎麼的把武器弄壞了，最近幾週一直用學校武器庫裡的標準武器。另外，黑髮雖然在海波里恩也不算少見，但畢竟是魔族的標誌之一，並不算是受人歡迎的髮色，且佩奇自己的個性有些急躁，總是和他周圍的人發生爭執，菲莉亞調解過好幾次。

不過，菲莉亞隱隱感覺到對方似乎不太待見自己的樣子，這也是她意外佩奇會在馬路上叫住她的原因之一。

休息日，校園門口人來人往的，不少學生都被佩奇的大嗓門喊得看了過來。

菲莉亞疑惑問道：「怎麼了，出什麼事嗎？」

「我的武器修好了！」佩奇重重的將那把大刀往地上一戳，吼道：「聽著，菲莉亞！我要和妳決鬥！」

「……啊？」菲莉亞眨了眨眼睛，還以為自己沒有聽清楚。

佩奇不耐的哼了一聲，再次大聲道：「我要和妳決鬥！」

▶◇◀◎▶◇◀

當尼爾森教授聽說佩奇向菲莉亞宣戰的消息時，已經是一個小時之後了。想起菲莉亞那可怕的力量，再結合她一向對自己的能力沒什麼概念的狀況……尼爾森教授第一時間驚得從椅子上跳了起來！

不過，剛一跳起來，他又緩緩坐了回去。

「菲莉亞……她性格這麼溫和，應該沒有接受吧？」尼爾森教授擦了把汗，放心道。

「不，菲莉亞學姐答應了！」來報告的女生興奮道，相較於教授內心的擔憂，她其實更對佩奇終於惹惱菲莉亞學姐的事感到幸災樂禍，「因為佩奇糾纏了她半個多小時，還威脅她如果不答應的話，自己以後就天天找人單挑而且不再去上課，所以學姐就……」

尼爾森教授連忙拔腿往決鬥場跑。

佩奇那個學生他記得，幾年前他出差的時候隨手救過他，對手不過是普通強盜，對付起來只是舉手之勞，想不到那孩子記了這麼久，還因此非要跑來報考冬波利。他家境貧窮，性格剛烈極端，身材矮小，體力其實也不怎麼達得到強力量系的標準。入學考試的時候，教授們就勸過他不要修強力量系，但那雙熾熱堅定的眼睛打動了尼爾森教授……

尼爾森一直牢記冬波利的校訓，不能放棄任何一種潛能，他相信對一件事的執著有可能突破天賦和身體的條件限制，只要有決心的話，佩奇一定有機會成為優秀的刀士。

事情也的確如尼爾森教授預料的那樣，佩奇一直很努力，每天都拚命克服著瘦弱的身體帶給他的限制，即使進步緩慢但並非沒有，只要假以時日……

只是，尼爾森雖然早就知道佩奇個性並不溫和，卻沒想到他竟然會去招惹菲莉亞。

手心手背都是肉，不管是菲莉亞還是佩奇，兩人都是他十分重要的學生，都是擁有希望的未來勇者。但，恐怕菲莉亞只需要一擊就……

尼爾森閉了閉眼睛，勉強逼迫自己先不要想最可怕的結局，加快步伐往決鬥場衝去。

決鬥場上早已圍滿人群，主要留校的基本上都是一、二年級生，他們認識並且不喜歡佩奇的人不少；再加上又是休息日，且就在靠近校門的地方鬧出來如此大的陣仗，因此引起不少人的注意。

尼爾森氣喘吁吁的抓住周圍一個學生，問：「已經結束了嗎？佩奇沒事吧？」

「教、教授，您也來看？佩奇會有什麼事啊……」被抓的學生既奇怪又興奮的道，「不過真不愧是菲莉亞學姐，徒手就掰斷了佩奇的刀，自己都沒有用過武器！」

十五分鐘後，教授辦公室——

「菲莉亞……」尼爾森教授嘆了口氣，「下一次再有學生纏著妳決鬥的話，妳就帶他來找我，不要再答應決鬥了。」

這一次他真是嚇得心臟都要停下來，還以為佩奇絕對已經……

即使是現在再回憶之前的思路，尼爾森教授都感到一陣後怕。

「抱、抱歉，教授。」菲莉亞道歉。

她現在冷靜下來，也感覺自己的處理方式並不是最好的。在去決鬥場之前，她就考慮好要弄斷對方的武器，並儘快結束這場奇怪的決鬥了。但是，在她掰斷佩奇的刀後，對方那種絕望恐懼的眼神仍令她不禁心生愧疚。

她是不是做得太過分了？如果假裝勢均力敵的和對方交戰一會兒是不是會更好？佩奇有著極高的自尊心，這樣直接的手法，可能還是太粗暴了吧……

儘管菲莉亞對自己的實力並不是很有自信，卻也不至於對自己的評價低到連一年級的新生都對付不了，因此她對自己靠著年齡和經驗碾壓後輩的行為產生了些許負罪感。

——如果換作是歐文的話，肯定能處理得更好吧。

菲莉亞不禁失落的想著。

——歐文好像無論何時何地都知道說什麼是正確的。

——不過……

菲莉亞想起歐文說她是他最好的朋友的事，又不禁覺得一陣高興。

沒關係的，她和歐文在一起的時間還很長，而且他們已經約好了畢業要參加同一個勇者團隊，她可以慢慢向歐文學習。

這時，看著菲莉亞愧疚的模樣，尼爾森教授的心又軟了下來。他輕輕拍了拍菲莉亞的肩膀，放緩語氣道：「不過，妳只是掰斷佩奇的武器，沒有真的和他決鬥，這一點很好……菲莉亞，妳知道……妳很有天賦，但……」

話到嘴邊，尼爾森教授又有些猶豫。

之前他害怕戳傷菲莉亞的心，因此只是指引和暗示菲莉亞控制自己的力量，並沒有十分直白的指出她的力量有傷人的可能性。可現在看來，還是及早讓菲莉亞意識到這些才好，不然萬一類似佩奇的事再發生，而菲莉亞沒有這一次清醒怎麼辦？

下定決心，尼爾森教授張開嘴，決定和緩的切入話題。

「那個……菲莉亞……妳應該還從來沒有在使出全力的情況下正面攻擊過什麼人吧？」

畢竟要是有的話肯定已經……

菲莉亞卻是明顯一怔，神情亦低落下來，「有、有的。」

她艱難的張嘴，慢慢道：「雖然我已經不記得了，但媽媽和我說……」她稍微停頓了幾秒，要講出這件事對她來說實在不算太容易，「我小時候把哥哥扔出去過……」

尼爾森教授驚呆了。

想不到他只是想找個比較溫柔的角度引出話題，竟然一下子就牽出這麼慘烈的過去。這麼說的話，也難怪菲莉亞這麼敏感內向了，她肯定和家人之間都有芥蒂吧，又是在沒有記憶的時候發生的事……

不過，既然有過這種事，她的家人怎麼還不讓菲莉亞學會收斂力量？

尼爾森教授一皺眉頭，又感到奇怪起來。

菲莉亞繼續道：「哥哥一直考不上勇者學校，說不定就是因為我……」

「等等，菲莉亞……」尼爾森教授意外至極，下意識的打斷了菲莉亞，「妳哥哥他……」

還活著？

想想這樣問未免太直白，他又將差點脫口而出的話嚥回去，重新問道：「妳哥哥他今年多大了？」

「十五歲。」菲莉亞不明白教授忽然問這些做什麼，卻還是老實回答。

——真的活著啊！

尼爾森教授不禁激動起來。

儘管菲莉亞小時候的力量可能不會有長大後這麼強，可她哥哥只不過比她大三歲……就連尼爾森教授自己都不敢說，他如果還是個十五歲少年的話，被如今的菲莉亞扔出去還能毫髮無損的站起來。

考慮到天賦一般都有家族遺傳的特性……難道說，菲莉亞的哥哥也是個天才嗎？！

可是如果這樣的話，怎麼可能考不上勇者學校呢？

短暫的振奮過後又疑惑起來，尼爾森教授忍不住問道：「菲莉亞，那妳哥哥有來考過冬波利嗎？」

本來菲莉亞是不清楚的，可是想起瑪格麗特確定她哥哥就是當初的恩人的事，她點了點頭，「在我入學前一年，哥哥應該來考過。」

尼爾森教授連忙思考起來，奈何時間太久遠，始終什麼都沒記起來……也對，如果真有和菲莉亞一樣驚豔的孩子來考過試，最終卻沒有成功入學的話，無論如何他都會懷抱著遺憾記住才對。

想了半天，尼爾森教授也沒想出原因來，最終只能歸結於「或許菲莉亞的哥哥真的只是個普通人」以及「可能他後悔報考於是故意隱藏實力放水導致考試失敗」兩個可能的原因。

他重新將注意力放到菲莉亞身上，表情不自覺嚴肅了許多。

「菲莉亞，妳的力量比一般人強很多，妳知道嗎？」

「我……」菲莉亞猶豫了一下，然後不好意思的點頭，「知道。」

母親也是因為她的力量比較強大，才會認為她很有當上勇者的可能。更何況，她是強力量型的學生……

比普通人強壯一些是一定的吧？不過，如果和其他勇者或者同學比的話……

「但我、我和別人差得很遠。」菲莉亞謙虛又緊張道，「以後我會更加努力的……」

看到菲莉亞一副明顯還是沒有明白過來的樣子，尼爾森教授頗為無奈。

「不，妳不懂我的意思。」尼爾森教授耐心道：「我是說，菲莉亞，不只是普通人，妳遠比一般勇者更加強大……」

從尼爾森教授的辦公室裡出來時，菲莉亞還沒有完全回過神。

尼爾森教授的意思好像是說，她是很特別的，特別到如果不能控制好自己反而會變得相當危險……

一直以來認為自己和別的強力量型勇者沒什麼不同、甚至應該低了平均水準不少的菲莉亞，在一定程度上受到了衝擊。

她低頭看向自己的手，將手指往掌心用力捏了捏，感受掌中的力道。

在她看來，這力量和平時一樣，沒什麼值得一提的。可是按照尼爾森教授的說法，這是勇者——更不用提普通人——都無法承受住的力道，如果她不抑制自己的話，會釀成非常嚴重的後果，遠比可能造成她哥哥無法考上勇者學校更嚴重。

——那、那麼哥哥為什麼沒事呢？

▶◇◀◎▶◇◀

幾週時光轉瞬即逝，這一天馬丁和菲莉亞一起散過步後，對她說道：「我差不多該離開了，菲莉亞。」

「……啊。」哥哥在冬波利逗留的時間已經夠久了，菲莉亞並非沒有預感，只是還是有些失望罷了。

馬丁淺笑著摸了摸菲莉亞的頭，「等有時間，我會再來看妳的。」

「……你接下來去哪裡？」忽然，瑪格麗特開口道。

自從馬丁來了之後，瑪格麗特時不時就和菲莉亞一起去見馬丁。不過，大多數時候她都只是默默的站在旁邊不說話，作為一個安靜的同伴，只是偶爾才會接口幾句話。

聽到她的問話，馬丁看向瑪格麗特，瑪格麗特卻好像不習慣被盯著一般，將視線換了個方向。

「王城。」哥哥說，「我會去王城。」

他頓了頓，「我和媽媽準備去王城落腳，看看能不能留下來。家裡的麵包店關了，我們暫時沒有收入……唔，我也會去找找看有沒有合適的工作。」

「合適的工作？」瑪格麗特皺起眉頭。

「在王城開麵包店嗎？」菲莉亞歪了歪頭。

哥哥微笑著搖頭，回答：「媽媽好像沒有再開麵包店的意思了……有點苦惱啊，我也不知道我能做什麼工作。」

「……我跟你一起去王城。」突然，瑪格麗特堅定道，「我的實習報到期限快要到了，我也要去王城。」

「……嗯？」馬丁一怔，「這樣好嗎？」

「……可以互相照應，而且……」瑪格麗特兩眉間擰起的溝壑簡直能夾死蚊子，「……省錢。」

聽到大小姐如此蹩腳的理由，菲莉亞險些摔在地上。

太牽強了……同住三年多，瑪格麗特可從來沒有為錢擔心過。

但哥哥並不知道這些，他相信了這些話，眼神溫柔的如同春風，他輕柔的注視著瑪格麗特，道：「好。」

▶◇◀◎▶◇◀

此時，歐文正在寫信給家裡人。

菲莉亞和尼爾森教授學習的時候，他也正擔當著伊蒂絲教授的助教，因此這段時間十分忙碌。

其實伊蒂絲教授倒是沒分配什麼工作給他，就是閒著無聊時會把他叫去放個冰錐看看，或者噴點雪出來，這種時候伊蒂絲教授就會看著他和魔杖若有所思一會兒。另外，她偶爾會問一些關於魔法師是怎麼成長的問題。

歐文怎麼可能知道人類魔法師小時候是怎麼樣的？他只好老實說忘掉了，或者隨便編造點內容，然後加上從書上看來的知識糊弄伊蒂絲，好在伊蒂絲像是隨便問問而已，並沒有在意太多。

然而，儘管伊蒂絲沒有主動給他工作，助教這份工作還是因為她而變得分外艱難。

主要是由於伊蒂絲不喜歡上課，經常露個面之後就去睡覺，讓學生們自己學。以前學生們沒有辦法，只好照她說的讓一年級找二年級，二年級則自己練，現在有了歐文這個助教，他們自然全都來找歐文了。

歐文輔修過弓箭，而且練得不錯，還算能指導一下。刺客類的項目就完全不知道該怎麼辦了，他只好去自學，然後和二年級生交流，再去嘗試著指導一年級、與二年級溝通，這樣才能湊合著繼續幹下去，伊蒂絲不睡覺的時候偶爾也會稱讚他。

……但「你說不定當刺客也很有天賦」什麼的，這種稱讚他一點都不想要好嗎！

總之，歐文過得並不輕鬆，他還要抽空來思考和傳奇勇者有關的問題，而且不知道為什麼，每次想著想著，菲莉亞就會突然出現在腦海裡，讓他不由自主的走神。

希望專注，卻又不想讓菲莉亞從腦海裡消失，每次遇到這種情況他都很糾結。

歐文嘆了口氣，繼續手上的動作。

他最近在某個問題上卡住，決定還是問一下現任的魔王陛下。

沾上墨水的筆在暗米色的紙張上飛快書寫著，一行淡藍色的字跡流暢的出現。歐文這麼寫到——

如果找到那個勇者的話，我應該殺了他嗎？

將信用魔法送出去之後，歐文伸了個懶腰。

他考慮這個問題已經有一段時間了，只是始終無法下定決心。

在他看來，目前最可能是傳奇勇者的人依然是卡斯爾，但殺死卡斯爾……儘管他討厭卡斯爾有時候會和菲莉亞有種怪異的親密感，以及菲莉亞很崇拜卡斯爾，但這好像還沒有到非要殺死他的地步。

歐文尚未殺過人，老實說，他並不厭惡人類，與人類相處下來也並非完全沒有感情。比如，讓他殺掉迪恩或者奧利弗的話，他恐怕做不到，更不要說菲莉亞……

別說殺死菲莉亞，連讓他重重的拍菲莉亞一下他都覺得十分心痛，菲莉亞不管是皺眉頭還是掉眼淚，看起來都很可憐。

但是在戰爭中，魔族和人類之間的廝殺是不可避免的。而且，那個勇者的存在會威脅到整個艾斯的安全，為了保險起見，直接殺死他，讓他無法毀滅艾斯，似乎是最好、最簡單的選擇。

歐文無法做出結論，他決定還是問一問他的父親，大魔王伊斯梅爾。

幾分鐘後，父親的回信出現在了桌上，歐文拿起來一看——

親愛的兒子，

為什麼你信上又不寫「親愛的爸爸」？

還有，這件事很難說清楚，我雪冬節去看你的時候我們好好討論一下吧。

愛你的爸爸　大魔王

——等等你雪冬節還要來？！

儘管回信的後半段完全是嚴肅且重要的內容，但歐文還是忍不住歪掉了重點，狠狠的盯著「雪冬節去看你」這一段文字。

——混蛋，這傢伙難道是度假上癮了嗎！這樣我怎麼和菲莉亞單獨在一起啊！

第四章 大魔王來幫兒子談戀愛

今年十二月份的雪來得很早，上旬的一陣冷空氣，就把雪花和假日一同帶上了陸地。和往年一樣，本來還在上課的學生一哄而散，歡呼著回家的回家、度假的度假、探親戚的探親戚，留下教師們在辦公室裡頭痛「今年課時這麼短，又被假期沖掉了這麼多課，教學進度趕不上了吧」。

因為現在算是跟隨父親生活，按理說菲莉亞雪冬節期間也可以回家了。但尼爾森教授好像不準備休息，因為他給菲莉亞批的助教實習時間是半個學期，雪冬節過後菲莉亞就要去找更有用的實習工作，所以不得不抓緊假期，將她的課補完。

最近菲莉亞的訓練內容除了進一步完善姿勢以外，主要就是控制力氣。尼爾森教授時常會讓菲莉亞和他進行過招，並在她力量過強的時候及時喊停，好讓她把握到和普通勇者切磋時的力道。

「妳不想殺了對手的時候，做到這種程度就足夠了……要是不夠的話，力量就一點點的加上去，不要太突然。尤其是明年妳就要參加學院競賽，到時候一定要注意。」尼爾森教授語重心長的叮囑道，「不過，如果是遇到真正的敵手，比如戰場上的魔族，就千萬不要留手！越快解決越好！明白嗎？」

菲莉亞鄭重的點頭，她好像隱約摸到竅門了。

尼爾森教授滿意的摸摸她的頭，說：「那今天就到這裡，妳回去休息吧。」

跟尼爾森教授道別後，菲莉亞往自己位於東區的宿舍走去。然後，在看到宿舍門口佇立著一團火焰般的紅髮時，她不由得愣了愣。

聽到菲莉亞的腳步聲，卡斯爾回過頭，露出一個帶著虎牙的燦爛笑容，「喲！」

卡斯爾的後背永遠筆挺，雙腿筆直，他的手按在身體一側的劍上，姿態很優雅。尤其夕陽投來的光暈恰到好處，世界彷彿也特意對卡斯爾和他的影子進行了渲染，將他突顯成世界的中心。

身體鍛鍊得恰到好處的英俊少年，實在很難不讓人覺得炫目。

菲莉亞愣了愣，連忙上前打招呼，「卡斯爾學長？」你怎麼在這裡？現在所有的五年級生不都應該在王城參加競賽嗎……

「雪冬節放假了，學院競賽也暫時休息。」似乎聽到了菲莉亞心裡的疑問，卡斯爾體貼的解釋著，「我們目前上半學期的隨機排名賽已經結束了，雪冬節暫時休戰，等明年再比出前五十名和最終的學院名次。唔……我想今年還沒有回過學校，就回來看看。很意外吧？」

菲莉亞下意識的點點頭。

雪冬節大部分人都會選擇回家和家人團聚，特別是平時在外地讀書的學生。像卡斯爾這樣反而跑回學校的，確實比較少見。

「哈哈，我這學期大部分時間都住在家裡，放假會想要回學校看看的話，也不算很不正常吧？」見菲莉亞呆呆的承認了，卡斯爾忍不住笑了幾聲，然後摸了摸菲莉亞的頭，「畢竟之前幾年大多時間都在學校裡，學校差不多也算是我另外一個家了……而且，我答應姑姑要照顧妳了啊。」

卡斯爾的身高每年都長得很快，且他們在精靈之森這一年混得比較熟了，因此他摸起最近同樣在長高的菲莉亞來很是順手。菲莉亞甚至隱隱感覺，他說不定比十五歲的馬丁還要高一些，如果只看外表的話，大概很少有人會相信卡斯爾只比她大一歲吧。

菲莉亞不太舒服的側了側頭，卡斯爾便也收了手。

菲莉亞猶豫了一下，拿出宿舍的鑰匙，問道：「你要進來嗎？」

進入雪冬節後，冬波利總是斷斷續續的下雪，上一次下雪後的積雪還沒有融化，房屋外面還是挺冷的。菲莉亞剛剛在尼爾森教授那裡運動完還不覺得太難受，可卡斯爾不知道站了多久……

卡斯爾問：「妳們宿舍裡現在只有妳一個人嗎？」

菲莉亞點頭，其他人都在實習，恐怕要明年開學才能見到了。

於是卡斯爾不再拒絕，笑道：「那就打擾了。」

屋裡果然暖和許多。卡斯爾還是第一次進入女生宿舍，他打量了一下內部格局，便在沙發上坐下來。

可能是因為整棟宿舍目前只有菲莉亞一個人住，因此顯得有些冷清空曠。

菲莉亞對卡斯爾仍然是敬畏多過熟悉，因此在他進屋後一直顯得侷促不安。

卡斯爾問：「那把劍妳用得還習慣嗎？」

「很順手。」聽到這個話題，菲莉亞眼睛一亮，緊張感稍微沒有了，「它的手感很好。那個，學長，謝、謝謝……」

「沒有必要謝我，本來也是閒置的。」卡斯爾笑著道。

不過……手感很好嗎？卡斯爾想起他將劍揹到羅格朗先生家時感受到的重量，再看到滿臉喜悅、似乎十分輕鬆的菲莉亞，笑容不禁帶了幾分無奈。

應該說，真不愧是她嗎？

卡斯爾這次當然不是平白無故就跑回冬波利。自從姑姑再次提醒他要多關照菲莉亞，卡斯爾就想找機會和菲莉亞進行更多的接觸，只是今年湊巧在學院競賽，想要碰面實在很難。他本以為今年菲莉亞可能會去王城過雪冬節，到時候就能碰面，但後來聽羅格朗先生說，菲莉亞由於換武器的事，雪冬節假期還要留在學校補課，於是他只好親自來冬波利了。

「菲莉亞一定會是個十分優秀的勇者。關注她、幫助她、引導她，讓她成為你最重要的夥伴……」

想起姑姑交代過的話，卡斯爾不敢漫不經心。

姑姑的判斷總是很準，當初他父親之所以能夠斬殺一任魔王，姑姑作為隊友的價值絕對不容忽視，只是因為她是個女性，且不是隊長，所以容易被人們忽視罷了。

而且……父親也交代過，他差不多該開始物色畢業以後一起建立勇者團隊的同伴了。

想到這裡，他重新將目光落在菲莉亞身上。

不知道從什麼時候起，菲莉亞漸漸褪去稚嫩，側臉露出屬於少女的輪廓來，此時她還保持著談起武器的輕鬆愉快，眉眼彎彎的，像剛剛吐出些許皓白的新月。

忽然，卡斯爾感到自己心臟的節奏亂了一下。

▶◇◀◎▶◇◀

另一邊，歐文自從收到自家蠢爹的回信之後，一進入雪冬節，就不得不每天坐在宿舍門口等大魔王過來，然後直接把他塞進房間裡，免得在外面暴露。

好不容易放假了，卻因為這種事不能去找菲莉亞，歐文內心的怒氣值蹭蹭蹭往上竄，臉上的招牌微笑也越發溫柔可親了呢。

就是牙齒磨得有點響。

所以，伊斯梅爾終於到達冬波利的時候，看到的就是坐在臺階上的兒子因為過於友好反而顯得有點可怕的臉。

大魔王驚喜的問道：「兒子，你在這裡等爸爸嘛？」(*/ω＼*)

歐文：「……沒有染頭髮就不要在外面說話！快點進去！」=_=

歐文一看到自家爸爸頂著一頭黑髮和一雙紅眸，毫無緊張感的憑空出現在大門口的姿態就暴躁，雖然雪冬節時期的宿舍區人流量很少，但萬一有人路過呢？！消除記憶的魔法很麻煩的好不好……

於是大魔王伊斯梅爾陛下一邊拖著行李箱走進屋內，一邊在心中欣慰的感慨：歐文終於知道心疼我了嚶嚶嚶，還有他笑起來的樣子有時候和他媽媽真像……

不過，關上門之後，伊斯梅爾就將不知道這次有沒有裝東西的行李箱擺在一邊，露出嚴肅的姿態，直切正題道：「歐文，我們來談談你上次那封信吧。」

「比起這個——」歐文回以大魔王一個極其親切的微笑，「爸爸，你介意我們先談談菲莉亞那塊鐵餅的問題嗎？」

「怎麼了？」大魔王嚴肅認真的正色問道：「那塊鐵餅有什麼問題嗎？難道它沒有自己跑回去嗎？」

歐文的後槽牙發出「咯吱咯吱」的摩擦聲，臉上卻笑得越發溫和燦爛，道：「我可沒有想到，你說的是那種『跑回去』啊！」

歐文其實將這件事憋在心裡內傷很久了，只是幾次下筆想對大魔王寫討伐信，都覺得不管畫幾個驚嘆號都無法表達出咆哮的效果。

所以說讓一塊鐵餅長出四肢到底是什麼鬼啊！！！

那天可是在鐵餅說話之後，菲莉亞才會把他丟在門口跑掉的啊！！！

想到菲莉亞可能每天都和鐵餅一起吃飯、一起上課、一起睡覺、一起洗澡……

他魔生還不如一塊鐵餅啊！！！

要知道，歐文可是因為要做助教的關係，這段時間非常忙，都沒什麼機會去找菲莉亞。可不是因為上次說過「一點都不喜歡菲莉亞」這種話之後，立刻就發現自己喜歡菲莉亞所以不敢去——真的。且菲莉亞一邊要上課、一邊要實習，顯然比他更忙碌，所以兩人在一起的時間顯著減少了。然而這種時候，一塊會說話的鐵餅竟然可以堂而皇之的每天黏著菲莉亞！怎麼想都覺得好生氣！

「難道它不可愛嗎？」伊斯梅爾對歐文的反應感到很不解，於是摸了摸下巴，「我覺得小女孩應該會很喜歡才對啊……」

歐文：「呵呵。」＝＿＝

——是啊，她現在願意喜歡一塊鐵餅也不喜歡我了。

想到菲莉亞那句「我也一點都不喜歡你」，歐文就感到胸口一陣刺痛，直到今天都沒有緩過勁來。

感覺到兒子莫名一下子低落的心情，並想起自己在讓鐵餅跑掉的時候交代的話……其實伊斯梅爾也稍微有點心虛。

要知道雖然他輕易讓一樣武器擁有了意識，但這一類的魔法相當複雜，並不完善，也不能決定它們會伴隨而生的性格和處事方式；另外，這些靠魔法擁有意識的物品，一般來說智商都不會特別高，想法單純，再結合歐文一臉「好想弄死你」的可愛表情，難道……他做了什麼特別優秀的事情？

把兩個人晚上一起鎖在庫房裡之類的……從背後推人來了個意外接吻之類的……直接替歐文表白了之類的……

這麼一想，大魔王立刻覺得歐文的表情不善應該只是不擅長表達喜悅的感情而已。

不過一般來說，這種必要的劇情推動橋段都只在開頭發生吧，現在開心可能確實還太早了一點……

於是伊斯梅爾鄭重的拍拍兒子的肩，道：「不要太激動，任重而道遠啊。」

歐文……啥？

父子兩個又互相扯了一會兒，歐文本來也沒有非要讓大魔王把那塊鐵餅弄回去的意思，等他情緒宣洩得差不多了，便平靜下來。

歐文推了一下眼鏡，讓激動的情緒冷靜下來後，語氣嚴肅道：「所以呢？如果找到那個勇者的話，我應該第一時間殺了他嗎？」

大魔王同樣收起歡快的表情，正經的注視著歐文。

沒一會兒，歐文就被他的眼神盯得發毛，忍不住皺眉問道：「怎麼了？」

「歐文，你學過魔族史，應該知道魔族是從人族中分裂出來的種族，在大陸所有種族中是最新的一種，而且沒有哪個種族的外表能比我們和人類更相似，也沒有哪個種族的淵源能比我們和人類更深。」大魔王並沒有直接回答歐文的問題，只是慢慢的說道：「但是，現在卻沒有哪個種族之間的仇恨能比我們和人類之間更強烈……」

大魔王稍稍停頓了幾秒，「你知道這是為什麼嗎？」

歐文想了想，回答：「矮人和人類之間的仇恨，應該比我們和人類之間還要深吧？」畢竟矮人被人類逼迫到自己炸毀他們數千年來所有心血的程度，即使這樣矮人都不願意向人族投降，也不願意將一丁點東西留給他們。

「但世界上已經沒有矮人了。」大魔王面無表情的說，「一個種族一旦毀滅，它所積累承載的仇恨也會跟著煙消雲散……在當時，矮人的頑固、自私以及暴躁的脾氣幾乎惹惱了所有種族，不只是人類，還有魔族和精靈……據說連當時尚未消失的、一貫厭惡爭鬥的半神族也是如此，所以哪怕當最後一批矮人被困於國家研究所時，都沒有任何一個種族出手相助。你想想看，你現在還討厭矮人嗎？還有，當初最憎恨矮人的人類，現在還仇恨矮人嗎？」

當然不。

歐文沒有接觸過任何一個矮人，自然不會有什麼憎恨的情緒，反而被對方留下來的無數珍貴文獻和曾經的輝煌文明所折服。

其他人類也一樣，他不只一次聽到人類同學對著書感慨：「當時的人實在太激進了，如果不把矮人全滅的話多好啊。」

矮人的自私自利、固執暴烈、傲慢狂妄之類的種族缺點，包括實際上是矮人先發動對其他種族的戰爭以及緊接而來的屠殺這些事，對於現在生活在海波里恩的人類居民來說，都只是種族學和歷史書上真假難辨的簡單文字而已。

「所以，關係最糟的，還是我們和人類。」大魔王下了結論。

聽到爸爸這麼說，歐文也不禁感到有些奇怪，「所以……為什麼？」他下意識的問道。

不過，話剛一問出口，他就皺了皺眉頭。

——怎麼有種被爸爸牽著走了的感覺？明明他平時是那麼沒有緊張感的傢伙……

於是，為了挽回剛才一瞬間好像掉落在地的智商，歐文馬上自己提出幾種原因：「是因為宗教嗎？我們信仰女神赫卡忒，而他們則信仰相反的光明神譜裡的……」

「一開始的確是因為宗教不同。」伊斯梅爾點了點頭，「赫卡忒雖然象徵黑暗，但同樣也是掌管魔法的女神。天生能夠使用魔法又依賴魔法的魔族，即使在尚未從人類中剝離時，會轉而信仰赫卡忒也很正常。但僅僅是宗教鬥爭的話，隨著宗教力量的衰退，仇恨應該減弱才對……你見過幾個人類現在還會常常參拜神廟？」

——很少，或者沒有。

歐文的腦海中第一時間浮現出了答案。

隨著對世界認知的擴大，信仰早就成了可有可無的東西。不只是人類，魔族也一樣。艾斯境內的神廟信徒數量一直在逐年下降。

大魔王繼續說道：「維持仇恨的，是仇恨本身。已經足夠龐大的仇恨，會不斷的擴大和自我生長……你知道，我們和人類之間有幾次戰爭，在戰場上難免會有犧牲……被我們士兵殺死的人族士兵的家人會憎恨我們，同樣的，我們士兵的親眷一樣將憎恨全部放在整個人類頭上。最後，兩族之間的仇恨已經無關於宗教、生活方式、倫理體系之類的事，仇恨已經只是仇恨本身。而當仇恨積累到一定程度的時候，就會再一次爆發戰爭，然後再加重彼此之間的仇恨……幾千年來，人類和魔族就持續著這樣的循環。」

他頓了頓，「最糟的是，我們無法終止這種循環。」

歐文明白父親的意思。因為仇恨太過強烈，人類和魔族中的普通居民裡有相當一部分的人對於對方懷抱著強烈的敵意，即使官方主動和解，居民們也不會同意。

假設他的父親以大魔王的身分宣布放棄王位，讓整個艾斯加入海波里恩的話，歐文能夠想像得到會發生什麼事。

艾斯的普通民眾絕對不會認同，他們會選擇擁立新的魔王。

雖說艾斯是世襲君主制，魔族無條件服從於魔王，黑迪斯這一姓氏的魔王互相傳承王位少說也有五百年了，但這並不意味著魔族王室就真的堅不可摧。魔王最重要的還是必須要擁有強大的魔力，當有實力相當乃至更強的家族出現時，其他魔族也是不介意換一個魔族王室的。在黑迪斯王族之前，艾斯歷史上起碼有過長短不一的十餘個魔族世家統治時期。

另外，海波里恩的人類也不可能就這樣接納魔族，而且他們會生出優越感，甚至可能發展出更嚴重的種族歧視、地域歧視和暴力現象，在這種情況下，最終恐怕還是只有走向分裂這種可能。

反過來，人類的王室主動加入艾斯的話，結果也一樣。

歐文的眉頭緊緊擰成一團，好難解的題。

最終，歐文放棄思考他父母考慮了這麼久都沒有定論的問題，嘆了口氣，重新凝神看著大魔王，問道：「所以，哪怕是找到並且確認了那個預言中的勇者是誰，我也不能夠殺他，是嗎？」

伊斯梅爾頷首表示同意。

「殺掉那個勇者沒有任何意義，只會繼續加重我們和人類之間的矛盾和仇恨，讓目前的處境變得更麻煩。」大魔王說：「人類數量龐大，繁衍也很快……一個傳奇勇者的死去，只會讓對魔族懷有更濃烈恨意的下一個傳奇勇者以更快的速度誕生。」

「我們所在的這片大陸遲早是要統一的，不管最終的勝利者是海波里恩還是艾斯，這都是大趨勢。但假使是艾斯征服了無論面積還是人口都在我們三倍以上的海波里恩，那麼我們主要人口將不再是魔族，而是人類……難道我們要把沒參加戰爭的人類也都殺光嗎？那麼，為了讓這些新的國民適應，我們勢必得做出一些文化、政策、還有生活方式上的妥協，到時候……儘管統一的是艾斯，可是那個國家真的還是原本的艾斯嗎？」

「如果勝利的依然是海波里恩，結果也一樣。雖然我們並不是人口多的一方，可仍然能占到他們總人數的四分之一。魔族並不像精靈的數量那麼稀少，更不必被局限在母樹周圍那一方土地，一旦統一，魔族肯定早晚會融入人群的。到時候，海波里恩也將不再是如今的海波里恩。」

「不管是艾斯還是海波里恩，本來就不可能永遠存在，我們終究還是會統一，只是統一的對象和方式問題。另外……」

「誰能肯定在這片大陸以外，沒有別的大陸？別的種族？將這片土地的版圖都納入一個國家之中，就真的高枕無憂了嗎？」

伊斯梅爾離開後，歐文躺在床上，思考大魔王最後和他說的這一番話。

的確，儘管人類和魔族一直在互相仇恨，但他還從來沒有考慮過萬一整片大陸都變成一個國家以後的事……而且，按照大魔王的說法，整體本來就是相對於部分而言的，如果大陸的版圖最終完成，那麼所有種族都將失去「國家」的概念，「地區」會成為新的劃分方式。再加上沒有共同的敵人，如果一旦發生地區矛盾，就有可能出現整個國家分裂成種族混雜的各個小國的可能……

不過現在想這些還太遠了吧。

至於海之外……真的會有東西存在嗎？

人類的造船技術並不足以出航到非常遠的地方，也似乎沒有那個必要。魔族的魔法只能用於探索已知的領域。倒是據說已經滅族的矮人曾經用登峰造極的鍊金術造出一條簡直如同小型島嶼般的巨船，並命名為「起始號」，數百名矮人帶著大量種子、金幣還有書籍乘坐起始號出海，然後再也沒有回來。

不過，因為沒有任何證據和可靠的文獻資料流傳下來，又是千年前的事，所以這件事比起史實，反倒更像是神話傳說一類的東西……

反正，現在看來，只要不殺那個傳說中的勇者就行了吧？

因為前一天晚上和大魔王談到很晚，現在又是雪冬節，伊蒂絲教授肯定不會有工作要讓他做，所以歐文乾脆睡了個懶覺。

等他醒來，揉著眼睛從樓上走到一樓客廳的時候，就看見他爸已經把頭髮染成金髮、眼睛弄成淺灰色，然後在客廳裡揮舞歐文的那根破魔杖揮舞得很開心。╰(*°▽°*)╯

歐文：「……」

救命，為什麼感覺這個魔王已經無藥可救了？艾斯會完蛋的吧？絕對會完蛋的吧！

「兒子，你醒啦？」看到歐文下來，大魔王終於將手裡那根其實和木棍沒什麼差別的魔杖往地上一扔，「我幫你做好早飯啦！還有……」

他從口袋裡摸出一個小盒子，「我整理你房間的時候，在床底下發現了這個東西！」

歐文頓時老臉一紅，「還給我！」

他伸手想去撈盒子，大魔王下意識的閃開，歐文畢竟只是剛過十三歲，身高遠遠比不上作為成年魔族的大魔王，於是只好看著他爸把盒子舉在自己摸不到的地方乾瞪眼。

歐文想了一下，默默抬手開始凝魔法陣。

「嚶嚶嚶，歐文你竟然這麼對爸爸，爸爸好傷心嚶嚶嚶……」沒等歐文將魔法放出來，大魔王已經委屈的嚶嚶嚶起來，「難道爸爸在你心裡還不如一個盒子嗎？」

歐文：……怎麼辦？更想把魔法糊在他臉上了……

想歸想，歐文還是將在掌心旋轉著的魔法停了下來，轉而向大魔王攤開手，道：「那就快點還給我！」

「所以這個是什麼啊？」大魔王一邊將盒子放到歐文手裡，一邊好奇的問道。

「……給菲莉亞的禮物。」歐文小心翼翼檢查盒子的完好程度，沒好氣道：「她的生日快要到了。」

見盒子沒什麼異狀，裡面的東西亦很完整，歐文總算鬆了口氣。

大魔王則摸摸下巴，回憶一番，問：「菲莉亞？不就是你喜歡的那個女孩子嘛？」

「……嗯。」

「哈哈哈，不要不好意……」

突然，大魔王猛地剎住了將要說出口的話，四周頓時一片寂靜。

大魔王：「Σ(っ゜Д゜;)っ等等！你竟然承認了！」

完全沒料到歐文竟然會承認的伊斯梅爾．黑迪斯震驚了，這個世界可能沒有誰比一個父親更瞭解自己的兒子，對他來說歐文如此坦率的承認自己喜歡菲莉亞，聽上去的震撼程度絕對不亞於海波里恩人民載歌載舞的向艾斯投降了。

——女神赫卡忒啊，果然我家兒子終於瘋……不，終於戀愛了嗎！

在大魔王毫不掩飾的驚訝以及欣慰還夾雜著些許調侃的目光下，歐文尷尬的移開視線，臉頰越發赤紅。

「很好啊，歐文！你總算成長了！」大魔王感慨的用力拍著自家兒子因為鍛鍊而健壯一點的肩膀，「所以你是怎麼發現自己真實的感情？」

歐文……這個問題一點都不想回答怎麼辦？

「反正就是知道了！」歐文漲紅了臉，用不滿的表情來掩蓋說起菲莉亞時狂跳的心臟，視線始終在伊斯梅爾直勾勾的眼神外遊移。

「誒，是嗎？」大魔王懷疑的看了看他。

老實說，以歐文平時表現出來的遲鈍程度，還有把那種明顯帶有情愫的感情歸於「純友誼」這麼久的前科，他實在很難相信自家兒子能靠自己開竅。

不過不管怎麼說，兒子自己知道了總是件好事，兒子若不想說原因的話，他也沒有強行逼問的意思。於是大魔王又指了指歐文緊張護住的裝有生日禮物的小盒子，問：「那個是戒指？」果然還是要求婚嗎？

「怎麼可能！」歐文炸毛，「是項鍊！項鍊！」並不是因為菲莉亞總是戴著某個紅毛送的兔子項鍊很礙眼，所以才想送她別的東西換下來！

「所以，那女孩是在雪冬節期間出生的嗎？」

「不是。」歐文不太自在的回答，「是雪冬節結束以後，二月末。」每年冬季的冰雪開始消融，而春天即將復甦的時候。

原本歐文並不覺得這個時間段有什麼特別，但自從知道它是菲莉亞出生的時候，這個冬末春初的季節忽然異常美麗了起來。

而大魔王則又震驚了，「那不是還有兩個月嘛！」準備得太早了吧！

就知道會被這樣說的歐文有點惱羞成怒，「所以我才先藏起來啊！」

其實這條項鍊他從秋天就著手選了，挑了好久才定下來這一條。迫不及待的買下來後才發現離菲莉亞的生日還有好久，如果被室友發現他這麼急切的買了禮物的話，肯定又免不了一頓調侃和嘲笑，所以歐文才會藏在床底下，怕積灰還經常會拿出來擦一擦。

沒想到竟然被某個蠢爹翻出來了……

想到這裡，歐文不自覺的又將小盒子拿在手指間摩擦起來。

「那個……爸爸。」忽然，歐文猶豫的開口。

「什麼？」大魔王看他。

「……你說得對，我、我喜歡菲莉亞。」下定決心，歐文終於將這句話完整說了出來，與此同時，他的心臟就像被桎梏已久終於得到自由的野馬一般脫韁狂跳起來，過於激烈的心跳甚至於讓他呼吸不暢、有種會窒息的感覺。

伊斯梅爾沒有插話，靜靜等待著歐文的下文。

心跳漸漸平緩下來之後，歐文慢慢握緊了拳頭。

向自家父親求助，果然還是有種莫名的不甘心感，但此時，他的確想不到什麼能和他交流這方面經驗的男性長輩了。吸了一口氣，歐文不敢直視大魔王的眼睛，臉頰不可抑制的依然保持著高溫，他問道：「所以……那個……爸爸，我應該怎麼辦？」

——就等著兒子問這個問題呢！

伊斯梅爾覺得自己作為父親的形象頓時高大了許多，於是立刻正襟危坐，並露出嚴肅認真的表情，他說：「兒子，這你就問對人了。我最知道怎麼讓女孩子喜歡了。說出來你可能不相信，其實當年是你媽媽追我的。」

「……你在說什麼，她只不過是誰都追而已吧。」撩你也只是順便來著吧。=__=

「咳。」大魔王清了清嗓子，假裝沒有聽見歐文的話。正當他準備張嘴給出建議時，視線卻不知不覺被一旁放在茶几上的書吸引了。

那本書雖然沒有封面，但光看厚度和紙張的樣式，伊斯梅爾就一眼認了出來，那是塞莉斯廷當著他的面打包給歐文的書。

大魔王當時並沒有阻止，反正魔后做的事情肯定是對的。_(:3)∠)_

而此時，他卻忽然有了個新的想法，兒子難得談個戀愛，果然還是要幫他一把吧？

這麼想著，大魔王伊斯梅爾陛下的唇邊露出「嘿嘿嘿」的笑容。

▶◇◀◎▶◇◀

當晚，菲莉亞做了個夢。

在夢裡，不知道為什麼，她嘲笑了歐文的金髮。

菲莉亞明明記得自己並不討厭歐文的金髮，還覺得十分好看，但不知道怎麼回事，無論她怎麼努力，都無法控制自己的嘴裡說出刻薄的話。

然後，歐文低下了頭。

菲莉亞以為他是由於自己的話而沮喪，因此努力想要上前安慰他……

就在這時，歐文那頭亮閃閃的金髮光澤像是花朵枯萎一般萎縮暗淡，彷彿燒焦一般成了黑色。菲莉亞嚇了一跳，剛想問他怎麼回事時，他抬起了頭，和菲莉亞四目相對的卻不是平時那熟悉親切的灰眸，而是彷彿被血色浸染的、紅寶石般的雙目。

菲莉亞的雙腿不受控制的後退。

黑髮紅眸的歐文步步緊逼。

最終，菲莉亞的後背貼上牆，到了無法再繼續退的地方。

歐文的嘴角勾起一抹戲謔的微笑。

「啪！」歐文的右臂橫在她的臉側。

壁咚……

他微微彎腰，臉頰湊向菲莉亞，鼻尖幾乎要貼在她的臉上，那雙紅眸近在咫尺。

溫熱的氣息噴在菲莉亞的臉側和耳畔，歐文用比平時更低啞的聲音說道：「怎麼樣，菲莉亞，這樣，還娘嗎？」

菲莉亞醒過來的時候，她忍不住眨了眨眼睛，然後又眨了眨……

接著她的臉頰飛快的燙了起來，並在數十秒後完全變成了赤紅色。

——天、天吶，我竟然在夢裡把歐文想像成魔族了！！QAQ

——雖然很帥……啊不對不對！！

——歐、歐文人這麼好，個性又溫柔親切，怎麼可能是魔族？他明明是金髮灰眼，雖然黑髮紅眼好像的確更帥……

——啊啊啊不對不對啊啊啊啊！！！

菲莉亞羞愧的用雙手捂住滾燙的臉頰，默默的把自己整個人埋進棉被裡散發蒸汽。

好不容易被歐文當作是最好的朋友了，她竟然在夢裡嘲笑他！還將歐文想像成魔族！

她明明也許諾要和歐文永遠當好朋友了……

菲莉亞並不知道自己的夢是某隻魔王在研讀言情小說後精心編排出的劇本，並使用魔法投影到她的腦中，在她看來，做這種夢無疑是對天使般的歐文的褻瀆，還有對他們之間友情的背叛……

早就隱隱察覺到自己對歐文的好感其實有點不對勁的菲莉亞，頓時忍不住心虛起來，然後更加用力把自己在棉被中緊緊裹起來，讓自己蜷起的身體看起來像一隻煮熟的蝦……

——對、對不起，歐文。QAQ

深深感覺自己辜負了歐文的信任，背叛了他們之間永久「友情」的菲莉亞十分自責，雖然她並沒有信仰，但仍然決定立刻向女神懺悔。

於是她雙手交握閉上眼睛，腦袋裡面浮現出了……黑髮紅眼的歐文……

——啊啊啊啊啊啊啊啊啊啊啊！！！

▶◇◀◎▶◇◀

如果不是今天還要上尼爾森教授的加課，菲莉亞簡直想死在床上算了。

但因為不能讓教授等，所以眼看時間就要不夠，菲莉亞還是頂著一張可以煎培根的紅通通的臉爬了起來，梳洗完畢後，為了趕時間不得不揹著重劍一路小跑到訓練場地上。

然而……

為什麼訓練場上除了尼爾森教授外，還會有兩個人啊啊啊啊！！

本來已經在心裡決定「先把歐文的事情忘掉，今天的課結束之後再考慮」的菲莉亞，在看到站在一邊的歐文時，原計畫立刻破滅了。

歐文仍然是一頭金髮，頭頂的髮絲被早晨並不十分劇烈的風吹得微微顫動，他胳膊下面夾著魔杖，雙手插在口袋裡，隨意的站著，只是對上菲莉亞視線的一剎那，兩人不約而同的移開了目光。

菲莉亞頓時感到好不容易被冬季氣溫冷卻下來的臉頰，又有隱隱發燙的趨勢。

其實歐文也一樣，他已經好久沒有主動來找菲莉亞了，平時偶爾碰到也只是簡單聊幾句就落荒而逃，如果不是昨天大魔王說必須要主動的話，歐文可能仍然無法下定決心過來。

在確定自己喜歡她以後再次見面，總覺得哪裡怪怪的，比過去任何時候都更不好意思。

歐文已經長得比菲莉亞高了，因此菲莉亞低著頭的時候，他可以清晰看到她頭頂被棕色頭髮圍起來的那可愛的髮旋。

此時，在他眼中，菲莉亞的臉頰被冷風吹得微微發紅，像是白色的灌木裡綻放的玫瑰。另外，由於看她的姿勢從平視變為俯視，歐文的視線很容易就能看見菲莉亞下巴下的鎖骨，還有她微微露出縫隙的領口……

——啊，好熱，雖然昨天剛下過雪，但今天未免也太熱了吧。

歐文不自然的摸了摸自己的脖子。

另一邊的卡斯爾倒是沒在意他們兩個之間頗為尷尬的氣氛，他笑起來對菲莉亞打了個招呼：「喲！」

「早、早上好，卡斯爾學長。」菲莉亞心不在焉道。

連卡斯爾都沒有太注意他們兩個之間的微妙，尼爾森教授就更沒有感覺到氣氛有哪裡不對了，在短暫的寒暄後，他相當器重的拍拍卡斯爾的肩膀，欣賞道：「今天卡斯爾過來和妳一起訓練！」

在雪冬節還回學校練習的學生可是很少的，尤其卡斯爾還在忙學院競賽的事，尼爾森教授當然會格外看重這樣的學生。

聽說回來的這幾天，他已經去找過漢娜和希勒里了，最後強力量系這裡也沒有遺漏。

尼爾森還是很感動的，畢竟卡斯爾的主業並不是強力量型，他學這些更多是為了瞭解別的勇者，可卡斯爾從未因為只是隨便學學而有所放鬆，相反的，他甚至比一些主要專業是強力量型的學生更加認真刻苦。

卡斯爾笑了笑，道：「如果一直不碰武器的話會手生，而且我最近也很閒。教授，得麻煩你了。」

尼爾森越發欣慰的拍他的背。

「啊，對了，還有歐文。」尼爾森教授忽然想起身邊還有一個男孩，「他說也想試試看重劍，唔……我記得武器庫那裡還有一把閒置的新手劍。」

歐文平復了一下心情，微笑著道：「不用那麼麻煩了，我只是想試試而已……菲莉亞，妳介意我和妳用同一把劍嗎？」

聽到歐文和她說話，菲莉亞立刻緊張得後背都繃緊了。

她剛要點頭說沒問題，卡斯爾卻一把勾住歐文的脖子，率先說道：「不如你跟我用同一把劍吧？菲莉亞的課程比較重要，我比較簡單。」

卡斯爾的想法很單純，他知道菲莉亞的那把劍很重，儘管他感覺到歐文的確比在精靈之森時強壯了些，但畢竟是個魔法師，未必能舉得起那麼重的劍，萬一拿不起來的話，可能會損傷他的自尊心。

歐文原本就不喜歡卡斯爾，他離菲莉亞太近，又極有可能是預言的勇者，下意識就想不著痕跡的把自己的脖子從他手臂底下弄出來，但歐文忽然想起大魔王說的話，不應該殺掉傳說的勇者，還有魔族和人類之間的仇恨……他勉強按捺住自己，沒有掙扎。

卡斯爾說得有道理，歐文點頭答應。

菲莉亞有點遺憾的摸了摸劍身，她還是有點想向歐文炫耀這是一把多麼順手的劍的說。

尼爾森教授開始輪流指導卡斯爾和菲莉亞，只不過他對菲莉亞主要是教她力量的控制，而對卡斯爾則是更注意教他出擊時的動作和速度，還有如何才能更高效的造成傷害。

教兩個天賦優秀又努力的學生是很愉快的事，尼爾森教授時不時就滿意的點點頭。

歐文則會在卡斯爾休息的幾分鐘裡舉起劍揮一揮試試，尼爾森教授對他竟然真的能將重劍拿起來還有點驚訝，於是也讚賞的拍肩道：「不錯！很有架式！其實魔法師也應該多鍛鍊才對！唔……尤其是你。」

尼爾森教授溫和又略帶一點為難的揉了揉歐文帶上汗水後格外閃亮的金髮。

歐文：「……」

「好，今天就到這裡吧！你們三個都很不錯。」幾小時後，尼爾森教授擦了把額頭上的汗，宣布課程結束。

菲莉亞小幅度的喘著氣。雖然她並不覺得很累，但畢竟強度有點大，而且她需要感受力量的強弱，所以精神消耗得厲害。

經過幾個小時一起訓練，歐文感覺和菲莉亞在一起時的不自然和尷尬減緩一些了，他想了想，道：「菲莉亞，我們一起走回去吧？」

「等等！」卡斯爾忽然道。

歐文和菲莉亞一齊看向了他。

卡斯爾不好意思的摸了摸頭，笑著道：「那個，其實我有個請求。」

歐文頓時心臟一提。

菲莉亞頗為惶恐，她想不到自己能有什麼可以讓卡斯爾學長請求的，於是奇怪又緊張的露出疑問的神態。

「哈哈哈，其實也不是什麼大事。」卡斯爾將重劍往地上一放，將手按在腰間佩劍的劍柄上，「是這樣的，菲莉亞，妳可以和我決鬥嗎？」

「決、決鬥？」菲莉亞更吃驚了。

「對！」

卡斯爾欣賞的看著站在自己眼前的菲莉亞。老實說，她的個子並不算高䠷，肌肉亦不算強壯，但不知為什麼，身材卻給人一種極為舒服和諧的感覺，彷彿她的每一根骨頭、每一寸皮膚都被神安置在最完美的位置上。她用這種身軀難以置信的舉起重劍時，帶給卡斯爾的並不是不協調感，而是一種難言的藝術性的優美。

沒錯，優美。

在他看來，菲莉亞是一件暴力的藝術品，既脆弱又強韌。

以前她擲鐵餅時還感覺不出來，而這一次，在和菲莉亞一起訓練重劍後，卡斯爾極其強烈的確認了這一點——

菲莉亞很強。

但他想要更真切的用自己的身體來感受她到底有多麼強大。

尼爾森教授還沒有離開，聽到卡斯爾這麼說，他不由得嚇了一跳，幾乎是條件反射的就要阻止，如果菲莉亞傷到卡斯爾這麼出色的天才的話……

——等等，卡斯爾？

尼爾森教授冷靜了下來。

對於菲莉亞來說，恐怕的確沒有比卡斯爾更安全的對手了。

卡斯爾敏銳、聰明、勇敢、果斷，幾乎所有作為勇者或者作為戰士需要的一切素質，在卡斯爾身上都被發揮到極致。毫無疑問，他是個極為優秀的學生，更是個極為出色的勇者。

尼爾森教授毫不懷疑，只要給這個紅髮男孩足夠的舞臺，他一定能夠煥發出比他父親更華麗的光彩。

想到這裡，尼爾森教授將剛剛提到嗓子眼的心臟嚥回胸口，他推了推菲莉亞的背，將她推向卡斯爾，道：「試試看吧，菲莉亞！卡斯爾對妳來說會是個很好的對手！」

菲莉亞原本是想立刻擺手拒絕的，對、對手可是卡斯爾學長啊！她怎麼可能贏過在她入學前就十分有名的天才卡斯爾學長，怎麼想都會立刻被碾壓吧……

可是尼爾森教授的目光十分熱切，好像是真心覺得她和卡斯爾學長決鬥是個很好的選擇的樣子……

菲莉亞想了想，如果都成為重劍士了，還一直縮在後面不敢戰鬥，好像的確不像話。她本來就是為了能夠成為守護團隊的人才選擇放棄鐵餅改而使用重劍的，何況她遲早會碰到十分強大的對手……

「好吧。」菲莉亞點頭道。

「哈哈哈，謝謝。」卡斯爾笑著露出了虎牙。

▶◇◀◎▶◇◀

「我看清了！」

儘管在占卜的時候，內心必須保持平靜，但德尼夫人在發現那未來的畫面越來越清晰的時候，聲音仍然止不住的夾雜了激動的顫抖。

第一次！她第一次將那幅可怕的艾斯滅亡預言中的畫面看得那麼清楚！

原本色彩斑駁錯雜的模糊色塊漸漸分裂開來，逐漸形成獨立的個體，並組成一幅整齊乾淨的圖畫。

德尼夫人無法按捺住內心的興奮。

她敢說，從古至今所有擁有預言天賦的預言家，絕對沒有誰能在如此重大的預言中看得像她一樣清晰！

越來越鮮明的畫面刺激著她不斷透支魔力，將自己所有的精力都集中到水晶球上。

她的黑髮以極快的速度枯萎變白，臉頰、手臂、脖子……渾身上下所有的皮膚全部瞬間萎縮，骨骼以肉眼能見的速度收縮，沒過幾秒，原本外貌看上去青春貌美的德尼夫人就彷彿成了一具死去多年的皮包骨乾屍，尤其是她雙手的五指，完全成了冬季樹葉掉光後的枯枝，寶石與玉石雕刻成的戒指由於失去血肉的支撐，紛紛掉在桌子上。

但德尼夫人此時無心管這些事，水晶球顯示出來的畫面太令人震驚了。

「婚禮！是一場婚禮！」她忍不住用衰老沙啞的聲音大聲嘶嚎起來，「毀滅艾斯的是一場婚禮！是一名棕髮女孩和一名紅髮青年的婚禮！」

然而，聲音迴盪在空蕩蕩的占卜室中，為了保持占卜時環境的安寧，這裡做了極好的隔音，她的吼聲沒有人能聽見。

德尼夫人死死的閉著眼睛，她已經忘記魔王去了海波里恩，而魔后正在代為處理政務，沒有人在這裡，她只是拚命想要將這個可怕的訊息傳達出去。

下一秒，最後一絲透支的魔力也消耗殆盡，德尼夫人乾癟的口中湧出一口鮮血，她一瞬間喪失所有力氣，從椅子上滑落，像一具沒有生命的骷髏般摔在地上。

失去意識的前一秒，德尼夫人想道：難怪我看見的始終不像廝殺……原來我預言到的畫面並不是艾斯毀滅的一瞬間，而是起因嗎……

第五章 卡斯爾命中的女孩

這個時候，菲莉亞在短時間內第二次站在決鬥場上。看到對面將手放在劍柄上、站得筆挺的卡斯爾，她不由得嚥了口口水。

卡斯爾很強，這件事從入學開始就不斷有人一遍又一遍的提醒她。而且，菲莉亞和卡斯爾一起上過一年課，儘管卡斯爾經常只上小半節就走，卻已足夠展現出他的實力。

尼爾森教授端詳了兩邊的狀態，點點頭，道：「開始吧。」

菲莉亞緊張的舉起劍，卡斯爾亦將自己的武器從腰間抽了出來。

他略等幾秒，發現菲莉亞並沒有主動進攻的意思，考慮到菲莉亞的確在戰鬥中是相對偏於被動、防禦勝於攻擊的類型，卡斯爾略低頭，說道：「那麼，就由我先開始吧。抱歉，菲莉亞！」

下一秒，卡斯爾衝向了菲莉亞。

菲莉亞儘管一驚，但仍以最快的速度回過了神，舉起劍用早已習慣的標準姿勢抵擋！

此時，在一旁觀戰的歐文眼中，兩道武器交錯迸射出的銀光實在令人炫目，當鋒刃交接時，他竟然不知道該不該替菲莉亞擔心。

卡斯爾的進攻速度、力量、角度、氣勢都無可挑剔，而菲莉亞……不知道為什麼，歐文竟然覺得在訓練場上的菲莉亞令人感到有些陌生。明明仍是原本菲莉亞的臉頰和身體，但給人的感覺卻完全不同。

歐文使勁瞇起眼睛，想看得更清楚一些，可決鬥場上那兩個人的速度卻讓他難以反應過來——按理說，重劍士的優勢在於力量而不在於速度，但菲莉亞的動作絲毫沒有拖泥帶水的感覺，她並不龐大的身軀給了她自由活動的空間，那柄大劍輕盈的彷彿是紙片製品。

如果有時間的話，歐文甚至想將自己那副沒有用處還妨礙視線的眼鏡摘下來，好好的揉揉眼睛，再重新看他們的決鬥。

尼爾森教授更是遺忘了世界上還有別的東西，他的注意力全部集中在決鬥場的兩個學生身上。這兩個都是他抱著極高期盼的學生，只不過他和菲莉亞的關係更親近，卡斯爾比起他的學生，說是漢娜的得意門生更合適，畢竟他在漢娜那裡學習的時間是三個教授中最長的。當然，這並不妨礙尼爾森教授看好卡斯爾的將來。

此時，眼眸中倒映著場上的刀光劍影，尼爾森教授熱血澎湃，心中有種難以言喻的複雜感覺，手指不禁用力握成了拳頭。

——真是優秀啊……果然，海波里恩的未來，還是繫在年輕人身上嗎……

尼爾森教授心中的感慨亦不禁一波接一波的湧起。

兩個觀戰者都沒有出聲，現場只剩下武器揮動時發出的風聲、兵器的碰撞聲、決鬥者偶爾混亂的氣息聲。

卡斯爾無法形容自己此刻的心情。

在過去的幾個月裡，由於三大學院競賽的關係，他幾乎已經和百餘名學生作戰過。他們全是三所學校裡最優秀的五年級生，其中有魔法師、重武器勇者、劍士、弓箭手、刺客……

這些學生之中自然不乏有佼佼者，只是任誰都無法帶給他像菲莉亞這樣的感覺。

實話實說，在卡斯爾看來，菲莉亞的動作固然標準，卻仍有些生硬。但是她那份可怕的力量令人心悸，在自己的劍與對方的重劍對上的一剎那，那壓倒性的力道令卡斯爾渾身的血液都沸騰了起來！

戰鬥的意志被強大的對手完全激起，他感覺自己的每一口呼吸都在燃燒！

——菲莉亞！菲莉亞！

卡斯爾的腦海和胸腔都被這個名字所充滿，他知道自己本質上是個熱愛戰鬥和渴望戰鬥的人，這份前所未有的暢快淋漓的體驗刺激著他的神經。

菲莉亞一旦揮舞起重劍，就像換了一個人。

她的動作不再猶豫遲疑，而是乾脆又果斷；她的氣質不再是平時那種怯懦柔軟的感覺，而是變得剛硬勇敢；她的眼神不再因為缺乏自信而四處游離，而是專注的凝視著對手，如同狩獵中的狼……被那雙棕色的眼眸注視，卡斯爾感覺到自己的皮膚都在因為興奮而戰慄！

——菲莉亞！菲莉亞！菲莉亞！菲莉亞！

菲莉亞的重劍正隨著她手臂注入的力量攜著風揮下！

正面進攻，和強力量型的對手拚力量無疑是一個勇者所犯上的最愚蠢的錯誤，卡斯爾眼睛一定，一手握劍柄，一手扶劍身，橫擋住菲莉亞的進攻。

菲莉亞最近都很注意控制自己的力量，不敢一次用太多力，哪怕對手是卡斯爾，她也不敢真的一下子使出全力，僅是一直小心的試探，並一點一點的往武器加力。

之前卡斯爾都巧妙的化解了，一來，卡斯爾本身也是能用強力量型武器的戰士，體力並不差；此外，他的技巧極為熟練，懂得如何運用巧力來化解菲莉亞的進攻，懂得如何敏捷的避免自己受傷，因此菲莉亞始終傷不到卡斯爾。

菲莉亞的額角漸漸滲出汗珠，即使是她，經過這麼長時間高強度的戰鬥，亦不禁有了一些疲憊。

老實說，卡斯爾竟然會用普通的劍和她的重劍硬拚，菲莉亞感到十分意外，這絕不是卡斯爾應該犯的錯誤。但她沒有想太多，只是繼續往劍上施壓。

「卡……卡……卡……」

卡斯爾那柄銀劍的劍身慢慢出現裂痕，一道道皸裂如同蛛網，彷彿下一秒就會碎裂。

「卡！」

當卡斯爾的劍真的再也承受不住菲莉亞重壓的一剎那，無數閃亮的銀鐵片碎散開來，在半空中旋轉而下，從所有角度映照出卡斯爾和菲莉亞的表情、面容、動作……

在雙手從武器上釋放的一瞬間，原本因為承壓而彎曲膝蓋的卡斯爾終於站了起來，側身躲過菲莉亞劈下的劍。

鋒利的重劍刃離卡斯爾的臉是如此之近，連尼爾森教授都不禁為他捏一把冷汗，險些大叫出聲衝進場內去阻止菲莉亞。

菲莉亞亦是一驚，下意識就想收手，但這一刻，卡斯爾抓住了菲莉亞的手腕，順勢將她拉近自己，菲莉亞的背貼向卡斯爾的胸口——

然後，重劍不知怎麼回事，就從她手中脫落，進入了卡斯爾手中。

尼爾森教授提起的心終於放下，他大大鬆了口氣，好久沒有看過學生之間這麼讓人驚恐的決鬥了，他剛才呼吸差點喘不上來。

「卡斯爾，勝利！」尼爾森教授宣判道。

說完以後，尼爾森又不禁感到一絲難言的失落和遺憾。

——果然，卡斯爾還是最強的……即使是菲莉亞，最終也無法戰勝他嗎？

——這個年輕人，將來的成就一定會十分了得吧。

今年學院競賽的情況，尼爾森教授多少也聽說了一些，卡斯爾沒有一場敗績，而且沒有任何一個學生能在他手下撐超過五分鐘，即使是被帝國勇者學校和王城勇者學校看好的種子選手也一樣。

卡斯爾和他們並不在同一個層次內。

菲莉亞做得已經十分不錯了，有幾秒鐘幾乎處在上風。

「抱歉，嚇到妳了。」聽到結果，卡斯爾鬆開了菲莉亞的手腕，主動退後一步，並將武器還給她，「還好嗎？」

「還好。」菲莉亞低下頭，也有點低落的回答。

——最後一分鐘的時候，還以為自己真的能贏呢。QAQ

——果、果然還是比不上卡斯爾學長嗎？畢竟是真正的天才啊……

聽到答案，卡斯爾彷彿放心般的笑了笑，「那就好。」

菲莉亞愧疚的說：「抱歉，弄壞了你的劍。」碎成那樣，肯定無法復原了。

她頓了頓，「我、我會賠償給你。」

「不用了，沒關係。」卡斯爾說道，「我今天帶的只是從兵器庫裡隨便拿的普通的劍而已，不是什麼貴重的東西。」

早就知道菲莉亞的力量，如果真的是很貴重的武器，卡斯爾自然不會用那種方式來取得幾秒鐘的空隙。

兩人互相確認彼此都沒有受傷後，又執行了一些決鬥的禮節確定戰鬥結束。

然後，注視著菲莉亞帶著劍走下決鬥場的背影，卡斯爾漸漸斂起笑容，眼神深沉起來。

他慢慢抬起手，按住自己的心臟。這顆心，現在還在瘋狂的跳動著，過於激烈的心跳，讓卡斯爾的胸腔都難以控制的疼痛起來。

只有他自己才知道在最後幾秒發生了什麼。

直到那一刻他才意識到自己其實從出生起就一直在等待著什麼人的到來，等待著、等待著，然後由於等得太久，連自己都忘記了這件事。

而那一瞬間……無盡的等待有了終點，長久以來的空虛被填滿，缺失的靈魂被補全……

他終於明白他一直在等的是什麼，一直在尋找的是什麼。

那是菲莉亞。

那是……他命中的女孩。

不過……儘管有種奇怪的感覺，好像是命中注定什麼的……

卡斯爾走到決鬥場的邊欄，往上面一趴，從上而下望著慌張跑去和歐文會合的菲莉亞，和歐文重新聚在一起的一剎那，她由於剛剛運動完還帶著玫瑰紅的臉頰上浮現出些許羞澀的表情，既高興又不好意思的笑起來，嘴角邊浮現出小小的酒窩。

看到她笑，歐文明顯的臉上一紅，然後十分不自然的移開視線。

這樣的話……

卡斯爾無奈的看著他們兩個青澀的樣子笑了笑，劇烈的心跳慢慢平緩下來，方纔還由於靈魂的震盪而劇烈沸騰的情緒，此時就像被澆了一盆冰水般被冷卻。

卡斯爾的喉嚨動了動，轉眼，他的語調已經恢復正常。

「菲莉亞！歐文！」他像往常一般爽朗的笑著喊道，「成為我的同伴吧！」

「誒？」菲莉亞驚訝的回頭，便看見卡斯爾趴在邊欄上心情很好的樣子，風吹動了他的紅髮，虎牙在陽光下看起來亮晶晶的。

卡斯爾將手撐在欄杆上，從決鬥場上一躍而下，幾步走近菲莉亞和歐文，道：「唔……我準備明年畢業實習的時候跟著我父親的勇者團實習，等畢業後就組建我自己的勇者團隊。

到時候，我希望你們兩個可以加入我，成為我的同伴，怎麼樣？」

菲莉亞吃驚的下意識就要擺手拒絕。她倒是不驚訝卡斯爾準備組建勇者團隊的事，從幾年前就不停有人告訴她，卡斯爾遲早會有自己的隊伍、他前途無量、如果能加入卡斯爾的團隊將是多麼令人高興的事。但……

怎、怎麼想她都會拖學長的後腿吧？

明明就在剛才她還輸掉了……QUQ

但想到卡斯爾學長邀請的還有歐文，她不能替他做決定；再說……他們早就約好畢業要去同一個勇者團隊了，這是個能在一起的機會；另外……儘管想起來有些厚顏，可是能夠得到卡斯爾學長的邀請，她的內心隱隱還是高興的。

於是，菲莉亞看了一眼歐文。

歐文扶了一下眼鏡，皺起眉頭，「為什麼還有我？」

他邀請菲莉亞可以理解，剛才的決鬥中，卡斯爾肯定是從菲莉亞身上找到他想要的亮點了。但歐文卻想不明白為什麼還有自己，他平時在學校裡並沒有表露自己的實力，各種課程的成績都很中庸。

卡斯爾道：「因為你是優秀的魔法師啊！」

由於學校裡的教授們都十分關注卡斯爾未來的同伴問題，一個勇者團隊是不可能沒有魔法師的，因此查德教授和希勒里教授早就在向他推薦人選了，其中被提名次數最多的就是歐文。希勒里教授一直對歐文最初入學考試的表現津津樂道，查德教授則相當篤定的表示歐文平時對自己的實力有所隱藏，既沉得住氣，又有天賦，這樣的學生相當難得。

當然，還有……歐文似乎比卡斯爾本身更能讓菲莉亞感到安全和穩定。

但他的這句話卻讓歐文驚得險些把魔杖拔出來，只是看卡斯爾的樣子不像是發現了什麼的惡意，歐文這才勉強暫時沒有行動。

看到對方略有幾分緊張的樣子，卡斯爾瞭然的笑了笑，隨後補充道：「你們不用急著答覆我，我自己還需要再修行一年。你們可以考慮很久。」

歐文想了想，略一點頭，「我會想想。」

他的吃驚並不比菲莉亞少。

到目前為止，卡斯爾仍然是他名單上可能是預言中勇者的第一人選，尤其是在看過他如何打敗菲莉亞以後，歐文對此更加確定。

那個勇者的其中一條特徵就是「會在帝國的心臟學習期間，集結到宿命的同伴」。

——以現在的情況來看……宿命的同伴……難道是……

——菲莉亞。

歐文不由得胸口一緊。

感受到歐文打量的視線，菲莉亞歪了歪頭，露出詢問的表情。

「沒什麼。」歐文連忙淡淡一笑，掩飾過去。

卡斯爾似乎總是很忙，向歐文和菲莉亞匆匆告辭就離開了。尼爾森教授則是誇獎了菲莉亞幾句後才走，但菲莉亞始終覺得教授的誇讚只是在安慰她而已。

「卡斯爾學長真的好厲害啊。」只剩下她和歐文兩個人，菲莉亞嘆了口氣。

「妳不是差點就贏了？」歐文安慰道，「而且妳沒出全力吧。」要是出全力的話，卡斯爾現在說不定就怎麼樣了。

菲莉亞搖搖頭，「可是學長也沒有用全力呀……他今天只用了劍。如果是實戰的話，在我沒有靠近的時候，他就可以先一步壓制我了。」

武器換成重劍之後，菲莉亞從遠程投擲勇者成了近戰勇者。對於重劍士來說，離敵人遠就沒有意義，必須要靠近才能發揮威力。卡斯爾一開始就選擇拔出劍而不是魔杖，本身就是在讓她。

對於這番話，縱使是歐文亦沒有辦法反駁。

正在絞盡腦汁想還有什麼話能安慰菲莉亞，忽然，歐文的視線不由自主的落在菲莉亞的重劍上。剛才她和卡斯爾打鬥的時候，他就不禁有些覺得這柄劍乍看貌不驚人，但揮起來卻相當漂亮，有種和菲莉亞合二為一的感覺。

鬼使神差的，歐文問道：「菲莉亞，妳的劍能給我看看嗎？」

儘管不解歐文為什麼要看她的劍，菲莉亞還是點點頭，將劍遞給他。

歐文在開學後也沒有放鬆鍛鍊身體的計畫，現在一般的重劍都已經拿得起來了，甚至還能揮一揮。菲莉亞也是因為之前見過歐文將卡斯爾的劍舉起來了，才敢將自己的劍直接遞給他，誰知她剛一鬆開放在重劍上的力氣，歐文身體就是一歪。

歐文則是被那出乎意料的重量嚇了一跳，勉強才穩住身體，沒有被重劍帶著摔到地上，他好不容易才將重劍平穩的放下來，然後嚇得直喘氣。

——好、好重。

——菲莉亞剛才就是揮這麼個東西，不喘氣的揮了這麼久？

老實說，歐文會進行鍛鍊，有一定的原因就是為了不被菲莉亞看輕，只是沒想到等他有自信能擲出鐵餅的時候，菲莉亞竟然又開始玩更重的東西了！

他還要繼續鍛鍊才行！歐文暗暗下定決心。

平復了一下心情，歐文微笑著將劍還給菲莉亞，道：「謝謝，我果然還是拿不起來。」

看著歐文的笑容，不知怎的，菲莉亞突然想起昨晚的那個夢——歐文的頭髮變黑、眼珠變紅，還有貼在她耳邊那種略微低沉的聲音……

她的臉「刷」的一下變紅了，彆扭的移開視線，不大自然的說道：「沒、沒關係。你是魔法師嘛。」

歐文……？

▶◇◀◎▶◇◀

雪冬節的兩個月時間過得很快，一月份初始的時候，大魔王伊斯梅爾接到「祭司德尼夫人疲勞過度昏迷不醒」的消息，匆匆回國。隨後，卡斯爾又和菲莉亞、歐文在一起訓練了一段時間，眼看下半學期的學院競賽就要開始，於是告辭返回王城。

不知道是不是錯覺，菲莉亞感覺歐文和卡斯爾學長碰面時態度好像軟化了一些，有時甚至還會詢問卡斯爾一些關於功課上的問題，要知道歐文以前一直和卡斯爾不太對盤，提起學長的時候也不像其他人那麼明顯誇張的崇拜，反而隱隱有不耐的感覺。卡斯爾學長倒是沒有放在心上的樣子，對歐文的提問總是回答得很有耐心。

不愧是成熟的卡斯爾學長啊！

轉眼就到了一月底，這一天的特訓後，尼爾森教授終於欣慰的拍拍菲莉亞的肩膀。

「妳已經能把力量控制得很好了，菲莉亞。」

「是、是嗎？」菲莉亞不太確定的問。

儘管她最近也的確感覺到一點輕重的分別，可那畢竟是有點模糊不清的東西，她仍然不是很有自信。

「放心吧，沒錯。」尼爾森教授篤定的又摸了摸菲莉亞的頭。

他瞭解這個學生的性格，也相當信任她，知道這是個內心溫柔的孩子，只要知道那個最關鍵的「界線」，就不會隨意在對手不夠強大時越界。再說，菲莉亞本來就是未來的勇者，不可能總讓她將自己壓制住。

想了想，尼爾森教授又鼓勵的補充說道：「我很期待妳明年學院競賽的表現，若有空的話，我會請假去看妳的比賽。」

冬波利的教授各自有負責的學生，一般是一個教師組互相合作，若要請假或是請其他教師組的教師代課都是很難的，聽到教授竟然這麼說，菲莉亞果然受到鼓舞，用力點點頭。

雪冬節結束後，歐文和菲莉亞在尼爾森教授的推薦下，直接就任冬波利的城市護衛隊的實習工作，並將在護衛隊裡度過接下來幾個月的實習工作。

▶◇◀◎▶◇◀

王城，皇家護衛隊副總隊長駐皇宮臨時辦公室——

副總隊長莉奧妮·約克森女士正拿著一份奇怪的履歷，和坐在她面前的女人做對比。

馬上就要到畢業季，因此一年一度的護衛隊招新亦開始了。目前開始報名篩選，度過試用期的新兵正好就可以拿上畢業證書過來正式任職。

老實說，雖然護衛隊士兵的招募年限是十五到三十五歲，每年也不是沒有年齡較大的應徵者，但三十四歲且結過婚的女性，約克森女士還是第一次見到。

更何況……她的名字是安娜貝爾·瓊斯。

ENCOUNTER MY MOZU PRINCE
與魔族王子一起戀愛吧~
MO ZU PRINCE
NOVEL 辰冰
X
ILLUST 凌夏
典藏閣
版權所有© Copyright 2018

這個名字、這個姓氏、這個年齡，還有這個和羅格朗先生暑假帶出來過的女兒隱隱相似的相貌……

約克森副總隊長感覺頭有點痛。所以……這個算不算關係戶？

「妳知道即使我讓妳入伍，如果不能升到士官的話，妳明年就必須退役了嗎？」她視線逼人的問道。

安娜貝爾點了點頭，回答：「我知道。」她也知道自己年紀不小了，不過對於王城裡的工作，她發現自己竟然只知道一個她希望菲莉亞能夠去做的皇家護衛隊。

她本來也沒有指望能夠被選上，只是過來看看而已……看看自己一直希望女兒來的到底是什麼樣的地方。

想了想，約克森女士指指自己的桌角，對她道：「妳試試看捏碎它。」

安娜貝爾愣了愣，但還是伸出手，在桌子的邊緣用力捏了捏，桌角果然碎了。

約克森女士將手指抵在嘴唇上，考慮了一會兒，道：「老實說，我不建議妳加入皇室護衛隊。不過，如果妳不介意的話，我還差一名私人助理。」

▶◇◀◎▶◇◀

雪冬節假期結束後不久，回到學校的一、二年級生以及在學校周圍實習的四、六年級生們，忽然發現之前突然變胖的伊蒂絲教授又瘦了回去，並且脾氣和耐心都比之前好了，偶爾和學生說話的時候，竟然有種莫名溫柔的感覺。

伊蒂絲的學生們全都震驚了。

這個世界還有比和顏悅色的摸著低年級生頭的伊蒂絲教授更可怕的事嗎？

然而，大家很快發現她更中意那些個頭小巧、娃娃臉、年齡較小的孩子，而且她留在學校的時間也比原來短了，基本上一上完課就會很快離開。本來伊蒂絲教授是直接住在學校裡的，但今年好像在外面租或買了房子，因此在校園內見到她的機會大大減少。

這倒也沒什麼，反正伊蒂絲教授本來就神出鬼沒。

不過，原本伊蒂絲教授在校園內不太受歡迎是因為她個性懶散又不好好上課，而現在教學比原來認真了很多，對學生們又明顯比以前友善，再加上她本來就是冬波利學院內最年輕的教授，還有高顏值美貌的加成，頓時在校園內人氣飛速上升，大有成為偶像教師的趨勢。

然而，歐文並不太關心這些事。

比起教授什麼的，他更在意菲莉亞的生日快要到了。

上次將生日禮物藏在床底下竟然被某隻魔王掏出來之後，歐文乾脆開啟了隨身攜帶的模式，參加實習有時候要在冬波利市區裡巡視，他也隨身帶在身上，隔幾分鐘就拿出來看看還在不在。眼看終於要到菲莉亞生日的日子了，歐文不由得越來越緊張，有時候光是對著禮物發呆就會臉紅。

菲莉亞會喜歡嗎？

還有，她會不會察覺到他的心意？

想到這裡，歐文的心就突突直跳。他的心情正處在一種既希望菲莉亞知道他的感情並給出回應，又害怕菲莉亞知道後反而疏遠他的矛盾的緊張感之中。

終於，這一天到了。

像歐文和菲莉亞這種只是在護衛隊裡實習的學生，一般都不需要工作一整天，他們只要跟著正式的護衛巡視、學習、瞭解工作流程就可以了，因此假請起來也很方便。

菲莉亞過生日，按照規定，隊裡會給她特別放半天假，於是歐文也請了半天假出來，然後專門約了菲莉亞。

吃過午飯後，看到歐文有些不安的不停調整自己的領口和魔杖放置的位置，負責帶他實習的護衛隊士兵都忍不住打趣：「怎麼，要去約會？」

儘管這名士兵自己年紀也不大，十八、九歲的樣子，可是在他眼裡，像歐文和菲莉亞這樣年紀的仍然是個孩子，就算有好感也只是玩鬧，因此這句話純粹只是開個玩笑，並沒有認真的意味。

但歐文卻頓時臉一紅，辯白道：「不、不是。只不過是去幫菲莉亞過生日。」

「哈哈哈，那你這麼緊張幹什麼！」士兵大笑，並用力捶了捶歐文的背，「過生日……只有你們兩個人嗎？」

歐文遲疑的點頭。

……兩個人，的確是兩個人沒錯，但……

「那不就是約會嗎！」士兵隨口扯道，「唔，不過……菲莉亞啊……」

他頓了頓，回憶似的摸了摸下巴，「那個女孩子，長大應該會挺漂亮的吧。你眼光不錯啊，小鬼。」

士兵說得沒錯。菲莉亞今年十三歲，正是稚氣褪去而逐漸長成少女的時候。她的身體抽高，並顯現出胸部、腰部和臀部的線條來，五官漸漸長開，聲音也少了孩子氣的感覺；由於在勇者學校的課程裡經常鍛鍊，菲莉亞的曲線很好，臉色健康，有種隱隱的生命力和活力。

歐文遠遠看見她，不由得愣了愣。

看到歐文走過來，她立刻高興的衝他的方向揮了揮手，「歐文！」

看到溫柔的魔法師大人的兒子，菲莉亞懷裡的鐵餅也特別激動的朝他揮動雙手，「魔法師少爺！╰(*°▽°*)╯」

歐文：……魔法師少爺是個什麼鬼叫法啊！(╯`□´)╯┻━┻

——這種時候真想把這塊鐵餅扔出去啊混蛋！好礙眼啊！尼瑪這麼個玩意兒憑什麼可以靠著菲莉亞的胸！

沒錯，明明本來可以假裝成是和菲莉亞兩個人的約會，中間卻活生生夾了一塊鐵餅，歐文的內心簡直是崩潰的。

現在菲莉亞雖然不再把鐵餅作為自己的武器了，但卻比原來更加寶貝它，平時只要空閒就抱在懷裡帶著走，歐文好不容易接受自己對菲莉亞產生了朋友以外的感情，所以偶爾也會暗暗的期待和菲莉亞單獨在一起的時候會發生點什麼，但他很快發現……

根！本！沒！這！種！機！會！啊！

開始護衛隊的實習之後，彷彿只要有菲莉亞在的地方就會有鐵餅，但凡歐文和菲莉亞在一起，這塊傻鐵餅就總在旁邊一臉純良的望著他們，歐文立刻有話都說不出來了。

這種現象落在鐵餅眼中，無疑成了魔法師大人的兒子害羞靦腆愛在心中口難開的表現，作為一塊忠誠勇敢的鐵餅，它當然義不容辭的拚命對歐文使眼色，還從菲莉亞懷裡探出去用手拽歐文的衣服，壓低聲音焦急的提醒道：「少、少爺，別怕！主人人很好的，你不要不敢說話啊……」

歐文……你以為是因為誰我才沒法說話啊混蛋！

菲莉亞並沒有察覺到他比平時暴躁的情緒，看到歐文，她感覺自己的心跳加快了許多，臉頰也不受控制的開始紅了。不知道怎麼回事，她覺得自己要把目光從歐文身上移開變得越來越困難，要流暢的呼吸也越來越不容易……

下意識的，菲莉亞將鐵餅摟得更緊了一些，這樣讓她安心——

不管怎麼說，和歐文兩個人單獨在一起也太刺激了。QAQ

把鐵餅帶來真是太好了嚶嚶，至少這樣她因為緊張接不上話的話就不會冷場啊嚶嚶嚶。

「那個……生日快樂，菲莉亞。」努力無視菲莉亞懷裡抱著的那塊存在感意外強到不行的鐵餅，歐文下意識的挺直脊背，認真說道。

菲莉亞的眉毛、眼睛和嘴角都笑得彎起，她紅著臉回答：「謝謝。」

——周圍的空氣怎麼又熱起來了……春天要來了嗎？真討厭啊。

歐文不自覺抓了抓頭髮。

往年菲莉亞和歐文也會在一起過生日，兩方的生日都是。不過，好像從來沒有哪一年的生日過得像今年這麼曖昧。歐文直到去年都堅定不移相信自己對菲莉亞是對普通朋友一樣的感情，遞禮物就很自然，但今年不同，在意識到自己的感情後，就連他都覺得自己送的禮物是別有用心。

於是，他一直拖到和菲莉亞逛完集市，天色漸漸被黃昏染紅的時候，才終於將早已準備好的那個小木盒子從口袋裡摸出來，然後心臟不禁跳得快了些。

「……這是生日禮物。」歐文略有幾分僵硬的說。

「謝、謝謝。」

看到菲莉亞伸手要拆，歐文連忙制止她，總覺得讓她當面就做出評價，還是有點怪不好意思的。

「妳還是回去再看吧。」歐文掩飾的推了一下眼鏡，「……不是什麼重要的東西，不喜歡的話妳扔掉就好了。」

菲莉亞連忙擺手，道：「怎麼會！你、你送的禮物我肯定不會扔掉的……我們是最好的朋友啊。」

聽到「最好的朋友」幾個字，歐文又有種胸口中箭的感覺。

「……是嗎？」歐文又推了推眼鏡，希望藉反光來掩飾自己的眼神。

於是菲莉亞的注意力不禁轉到了眼鏡上。

她記得自己夢裡出現過的那個黑髮紅眼的歐文好像是不戴眼鏡的，另外在精靈之森的時候，歐文有幾次早上忘記戴眼鏡，好像影響並不是很大的樣子……

「歐文，你是真的近視嗎？」菲莉亞忽然問。

「……是。怎麼了？」

「沒、沒什麼。」

菲莉亞連忙低下頭，她也覺得自己太傻了。從第一次見面起歐文就戴眼鏡了，她竟然還會問這種蠢問題！

——果然，夢和現實不應該混起來啊。_(:3」∠)_

按照歐文的要求，菲莉亞向歐文告別、回到宿舍裡、又讓鐵餅自己去玩後，她才獨自打開歐文送的盒子。

一條墜著寶石的項鍊靜靜窩在天鵝絨墊子上。

——好、好像一看就很貴！QAQ

儘管歐文平時就隱隱給人一種家境很不錯的感覺，但菲莉亞還是稍微吃驚了一下。

她將項鍊小心翼翼的取出來，慢慢拿到眼前。

項鍊上配的是一塊不算太大的橢圓形紅寶石，表面打磨得極為光滑，且內部通透澄澈，燈光能夠穿過半透明的寶石，在地面上投下一片紅色的陰影。

不過，雖然寶石看上去有些厚重，但鏈子卻相當的纖細，這種設計多少增加了它的隨意感，即使是不重要的場合或隨意搭配亦不會顯得太奇怪。

菲莉亞拿起寶石在手上摸了摸。

——總覺得，像夢裡面那個歐文的眼睛一樣……

第六章 大小姐的告白

由於是雪冬節後才開始實習，歐文和菲莉亞實習的時間不是很長，一眨眼就過去了。在冬波利向歐文道別，菲莉亞抵達王城之後，第一時間抓著項鍊跑去找瑪格麗特。

知道菲莉亞父母離婚並且搬到王城後，瑪格麗特就和她互相交換了地址，因此看到菲莉亞來也不是很吃驚，直接把她帶到自己房間，並讓女僕準備了些茶和點心。兩人面對面坐在瑪格麗特房間的沙發上，周圍十分安靜。

「那個……瑪格麗特……」菲莉亞雙手捏緊項鍊，緊張的吞了吞口水，「我……」

「等等。」瑪格麗特皺了皺眉，「我知道妳要說什麼。」

菲莉亞頓時震驚，「妳、妳已經知道了？」

「嗯。」瑪格麗特點了點頭，「還是我自己來說吧。」

儘管已經戴上眼鏡，視野變得清晰了，但她這麼多年都不怎麼在臉上表露出感情，事到如今，瑪格麗特也無法再改變她看不清時保持冷淡和皺眉頭的習慣。故她的神情仍然比較鎮定，只是臉頰靠耳根的一側微微有些紅暈。

「沒錯。」瑪格麗特說，「我喜歡妳哥哥。」

菲莉亞：「……啊？」

「……」

「什麼？？！！」Σ(っ゜Д゜;)っ

瑪格麗特喜歡她哥哥？！菲莉亞已經完全不能用大吃一驚來形容了，瑪格麗特說出來的話太意外，以至於她差點從沙發上彈起來。

菲莉亞的表現明顯也在瑪格麗特意料之外，她的眉頭不禁皺得更深了，問道：「……妳不知道？」妳難道不是來問我這個的？

菲莉亞連忙搖頭。

——瑪、瑪格麗特喜歡哥哥？！太不可思議了。

倒不是菲莉亞覺得自己哥哥不好，只是瑪格麗特對她來說一直是個家境好、相貌好、天賦驚人的大小姐，那種遙不可及的感覺……這種遙不可及的大小姐居然喜歡自家哥哥……

怎麼想都不可能啊！_(:3)∠)_

見菲莉亞的神情不像是裝出來的，瑪格麗特愣了愣，終於回過神，然後紅暈後知後覺的爬上臉頰，最後整張臉全部都成了朝陽一般的紅色。

忽然，瑪格麗特猛地站起來，一把抓起擱在沙發邊上的劍，然後直接憑單膝跪在沙發上快速的身體前傾，一把將劍插在菲莉亞坐的沙發上——

「給、給我忘掉！」

菲莉亞：「……不可能的吧……」QAQ

幸好她對瑪格麗特害羞的幾種方式十分瞭解，並沒有被嚇到，只是抖了抖。

兩個人保持著這樣的姿勢僵持了好一會兒，終於，菲莉亞小心翼翼開口：「那個……瑪格麗特，妳認真的？」

瑪格麗特從手指到髮絲都是一僵，良久才慢慢的移開視線，將劍抽回來，坐回沙發上。

「……嗯。」

「那、那我哥哥知道嗎？」

瑪格麗特皺著眉頭考慮了一下，回答：「應該不知道。」

菲莉亞原本還想問為什麼，但在問出口之前又默默把問句嚥了回去。

冷靜下來之後，頭腦好像清晰不少。想到瑪格麗特和哥哥一起來王城之前，她湊巧認出哥哥才是當初在入學考試時幫她的人，菲莉亞感覺自己明白為什麼了……

大小姐她好像一直對當初救她的人相當在意，一開始誤以為對方是卡斯爾的時候，她不也十分激動嗎？

菲莉亞又想了想，道：「我哥哥今年十五歲，個性溫柔，沒有不良嗜好，擅長做麵包，父母離異，單親隨母，家境……普、普通？」

菲莉亞目前對自己家的家境有點拿不準，對父母目前的經濟狀況亦不太瞭解。羅格朗先生儘管在王國之心共有三間商鋪，可即時周轉的資金似乎並不是很充裕；羅格朗太太儲蓄應該不少，但可能沒有什麼收入來源。

考慮了一下，她決定暫時把這個問題放一邊，繼續補充道：「平民，非貴族家庭，之前收到信，他好像要在王城找工作，但我還不太清楚現在找到了沒有……那個，妳、妳確定真的要喜歡他？」

瑪格麗特：「……」

「上週他的工作剛剛才確定下來，在機械商行……」瑪格麗特揉了揉額角，沒有正面回答菲莉亞的問題，可她對馬丁的狀況顯然極為關注，「好像是學習製作矮人機械什麼的。不過說起來……」

她頓了頓，「矮人機械商行的經營者羅格朗先生，是你們的父親？」

菲莉亞點頭，這麼說來，哥哥應該是在跟著爸爸學習了。停頓幾秒，菲莉亞又看向瑪格麗特問道：「怎麼了嗎？」

「沒什麼，只是忽然想到。」瑪格麗特略微頷首，表示明白，「羅格朗先生好像很擅長擺弄鍊金術之類的東西。我聽說他的機械商行最初的產品都是他自己做的。」

羅格朗先生的矮人機械商行其實是最近幾年才稍微有名起來的，因為產品比較沒有實際用處，只能算作是玩物，最初只有一些貪圖新鮮的有錢人購買。而近一、兩年，他們總算做出了一些矮人遺址發掘出的設計圖中比較有用的東西，儘管還只是時鐘一類的小物件，但畢竟擺脫了單純的玩具身分，稍微實用起來，於是本著獵奇心態來買的人就多了。

據說他們最近在試圖開發一些比較大型的古老機械。

瑪格麗特以前很少出門，對矮人機械什麼的不太感興趣，商行本身也不是十分有名，因此她並不清楚有這麼一間店。聽說馬丁要過去工作，她特意瞭解了一下，才知道這間商行本店的名字就是「菲莉亞」。

菲莉亞點點頭，表示瑪格麗特的資訊並沒有錯。羅格朗先生有說過如果她有什麼特別喜歡的小機械產品的話，他可以做給她，不過她對這類東西並不十分清楚，因此暫時沒什麼需要勞煩羅格朗先生的地方。

又和菲莉亞交流了一些關於她家人的狀態，瑪格麗特終於想起菲莉亞過來的最初目的，微微蹙眉，問：「……所以，妳是為什麼特意過來找我的？」

既然不是因為知道了她喜歡馬丁的事，那自然就是有別的原因了。

菲莉亞原本遺忘了窘迫的心臟又迅速重新加快起來，她握著木盒子的手緊了緊，磨蹭許久才終於下定決心。

瑪格麗特都把喜歡哥哥的事告訴她了，作為秘密交換，她也應該將自己的感情告訴瑪格麗特。

「我、我好像喜歡上歐文了。」菲莉亞漲紅著臉道。

「……」

等了幾秒鐘後，瑪格麗特反應相當冷淡，「哦。」

「那、那個，妳不吃驚嗎？」見瑪格麗特一臉「這有什麼好說的」的表情，菲莉亞略微有些挫敗感，當她知道瑪格麗特喜歡哥哥時可是相當吃驚啊！

「……我應該吃驚嗎？」瑪格麗特遲疑的擰起眉頭。

她的確不怎麼驚訝，或者不如說反而有種「果然如此」、「預料之中」、「妳怎麼現在才反應過來」、「這傢伙的反射神經比我還長」的感覺。在大小姐看來，菲莉亞和歐文從入學之前關係就很不錯了，又做了這麼多年朋友，明明是年輕的男孩和女孩，關係好過頭卻一直沒有火花的話好像才比較奇怪。

瑪格麗特理所當然的神情，讓菲莉亞覺得更不安了。

「難道……我、我表現得很明顯嗎？」歐文不會也看出來了，只是怕關係尷尬才故意不說吧？QAQ

「那倒不是。」瑪格麗特手指抵在唇上想了想，「只是覺得你們如果互相喜歡的話，沒什麼好意外的。」畢竟形影不離，彼此之間的好感又快要滿出來了。

聽到這裡，菲莉亞的神情不禁流露出黯然。

「但歐文應該只是把我當成是好朋友吧。之前我去找他的時候，湊巧聽到他的室友調侃他……歐文很生氣的說一點都不喜歡我。」頓了頓，菲莉亞繼續說道：「不、不過，他還說我是他最好的朋友呢。」QUQ

瑪格麗特：……為什麼妳看起來還有點開心的樣子？要求太低了吧。

如果說這種話的人是自己，瑪格麗特知道自己肯定是口是心非。但如果說出這種話的人是歐文……

在瑪格麗特的印象裡，歐文是一個總是在微笑的溫柔男孩，只是這種溫柔和馬丁那種輕柔溫暖如春風般的感覺不太一樣，他更像是把真實的情緒隱藏在眼鏡和微笑的假面背後，有時候瑪格麗特甚至會感覺歐文有些危險，她會下意識的和對方保持距離。

那種人，恐怕當說出不喜歡的時候，就是真的不喜歡吧？

但是，她又不忍心直說實話打擊菲莉亞……

瑪格麗特輕輕的抿了抿脣，安慰道：「他可能只是沒有反應過來吧？」

不過一說完，瑪格麗特又怕菲莉亞存了太多希望，喜歡的程度不斷加深，到時候會受到傷害，「……但也可能不是。」

「我、我知道的。」菲莉亞明白的點頭，「那個……其實我還想問問妳關於這個。」

菲莉亞將木盒子遞過去，「這是歐文送我的生日禮物。如果要回禮的話，應該送點什麼比較合適？」

她對珠寶首飾沒什麼瞭解，因此能求助的對象只有瑪格麗特。

其實瑪格麗特在過去的十幾年裡一直不怎麼看得清楚寶石之類的東西，所以即便現在戴上眼鏡了仍然覺得這些東西很陌生。不過，她也知道菲莉亞實際上並不是希望她說個價值出來，只是想得到令人安心些的答案而已，於是瑪格麗特還是將盒子接了過來。

打開來，裡面是一條紅寶石項鍊。

由於菲莉亞的關係，瑪格麗特和歐文的接觸其實並不少。

歐文的衣著、談吐、舉止、見識，都能讓人感覺到他其實出生在一個十分好的家庭，不僅是經濟條件方面不錯，而且底蘊相當深厚。儘管歐文使用的魔杖品質相當低劣，但這反而更顯示了他對自己實力的傲慢。

極其傲慢。

只有世代顯赫的人，才會有這種從骨子裡帶出來的自信高傲，哪怕表面上再謙遜隨和，仍然掩飾不了這一點。

瑪格麗特一直猜測歐文可能是魔法世家，或者定居在風刃地區的老貴族家庭出身。在這種情況下，即使判斷不出紅寶石項鍊的價值，也能猜測出這不會是太隨便的東西。

她若直白的將結果說出來大概只會給菲莉亞徒增煩惱，而且送給好朋友貴重的禮物，通常也並不是希望對方回禮的……

「多戴吧。」最終，瑪格麗特這麼說道。

解決了菲莉亞的問題，瑪格麗特考慮了一下，決定換個話題。

「對了，菲莉亞。」她問道：「妳學院競賽準備得怎麼樣了？」

——並沒有怎麼準備。

對於瑪格麗特的發問，菲莉亞十分的心虛。

從今往後，她的武器就是重劍了。她的畢業考試、畢業鑑定、畢業證書、檔案等等，全部都會證明她是一個學習了專業重劍知識的重劍士，而不再是鐵餅投手。

因此，當然了，她參加學院競賽使用的武器也必須是重劍。

然而實際上，菲莉亞是從上個暑假結束後才開始正式學習如何使用重劍，而且還是用半工半讀的形式。哪怕尼爾森教授保證她的專業水準不會弱於任何一個從一年級就學習重劍的強力量型學生，並且時常誇獎她掌握的很快，可菲莉亞仍然強烈的不安著。

要知道，她幾乎沒怎麼拿重劍實戰過。尼爾森教授不允許她和低年級生過招，而和佩奇的那一架只持續了沒幾分鐘，何況她根本沒有用上武器，是直接掰斷了對方的劍。

仔仔細細算下來的話，菲莉亞除了偶爾接受尼爾森教授指導時會互相揮幾下劍以外，唯一一次用重劍的實戰就是和卡斯爾學長……

然後還輸掉了。QVQ

在這種情況下，直接讓菲莉亞去參加學院競賽，她自然會覺得自己是毫無準備的，可能一下子就要被刷下來了。

啊……接下來要用只學了半年的武器和全國最優秀的同年級學生打實戰了，菲莉亞不禁感到淡淡的心累。

可惜學院競賽並不準備給菲莉亞緩衝的時間，暑假好像根本不存在一樣，沒多久就「刷啦」一下過完了。沒等菲莉亞感覺到自己劍術的提升，學院競賽便已經近在眼前。

▶◇◀◎▶◇◀

學院競賽由海波里恩最頂尖的三所勇者學校聯合舉辦，並由各所學校輪流承辦。今年將由在王城的帝國勇者學校舉行，因此菲莉亞不必回冬波利，只要繼續住在羅格朗先生在王城的家中就行。等她註冊報名勇者競賽，就會算作已經進行過五年級的報到註冊了。

於是，往常應該準備開學的八月底，菲莉亞約了瑪格麗特一起去報名。

雖然之前也路過帝國勇者學校，可真正進入裡面報到時，菲莉亞仍然吃了一驚。冬波利學院對菲莉亞來說其實已經極為不錯了，各項設施都很齊全，教學樓、宿舍寢室都經過嚴密的設計，另外還有一整片學院森林。可帝國勇者學校的風格和冬波利完全不同，在踏進去的一剎那，菲莉亞就有種被晃花眼的感覺。

每一棟教學樓都像是一座縮小了一些的宮殿，華美的屋蓋、精緻的門欄、雕刻著古典紋路的窗紋，每一處細節都隱隱透著奢侈和華貴的氣息。分不清是教學區還是生活區的宮室群包圍著學校中心的高塔型鐘樓，肅穆的深色鐘樓傲立在學校的正中心，樓身上是一幅浮雕，樓頂時鐘鐘面上巨大的時針隨著時間的流逝一點點旋轉到下一個角度。

菲莉亞抵達時，時鐘湊巧走到一個整點，鐘樓莊嚴的打響了恰合時段的鐘數，低沉洪亮的聲音瞬間響徹校園的每一個角落。

帝國勇者學校的整個校區都被強大的威壓感和逼人的貴氣所籠罩，令人反射性的想含胸拔背，抬不起頭來。

菲莉亞自然不太適應這樣的氣氛，下意識的縮了縮脖子。想到當初母親最想讓她上的就是這裡，她忍不住慶幸的嘆了口氣。當初她光是進冬波利就夠惶恐了，要是真的考到這裡來的話，恐怕會持續起碼一年的心驚膽顫吧。

相較於明顯不習慣的菲莉亞，瑪格麗特倒是相當鎮定，一副習以為常的樣子。

參加學院競賽的報名同樣有人指引，負責引導的似乎是帝國勇者學校本校的學生，他們都統一穿著筆挺的白色正裝制服，看起來相當整齊。

「那個是他們的校服？」被帶到目的地進行排隊後，見對方離開，菲莉亞湊在瑪格麗特耳邊小聲問道。

「不是。」瑪格麗特回答，「應該只是為了學院競賽準備的。」

稍微停頓幾秒，她又補充道：「勇者不應該被服飾所約束。」

像冬波利學院就沒有校服一說，畢竟不同專業要適應的服裝不一樣，像刺客就需要穿著輕巧方便、顏色暗沉低調的服裝，而重劍士則需要厚重的鎧甲，大家是沒有辦法穿上相同的服裝。

菲莉亞贊同的點點頭。然後，她的視線又不禁被目前所處的這個大廳其富麗堂皇的裝潢吸引。

「……帝國勇者學校，肯定很有錢吧。」菲莉亞感嘆道。

瑪格麗特微微頷首，「帝國勇者學校是皇室直屬的學校，是用王宮的經費創辦的。」想到菲莉亞去年才剛剛住到王城來，可能很多事情都不知道，於是瑪格麗特耐心的解釋。

「修建成這樣，是為了維護皇室的臉面和尊嚴……王室子嗣多半也會直接在這所學校入讀，因此吸引了很多貴族子弟。」回憶了一下，瑪格麗特說：「現在王室裡排行第三的那位王子好像和我們同一屆，就在帝國勇者學校裡，或許到時候會碰上他。」

——這麼說來，這裡是真真正正的貴族學校啊……

敬畏之心剛湧上來，菲莉亞又想到些什麼，不禁奇怪的問道：「瑪格麗特，那妳和卡斯爾學長為什麼不來這裡就讀？」

她記得室友們一入學就反覆跟她強調過，目前在海波里恩，除了王室直系，就屬約克森和威廉森這兩個姓氏最為顯赫了。

「……冬波利學院是海波里恩三所最有名的勇者學校中歷史最為悠久的。我父母都是畢業於冬波利，卡斯爾那邊的情況好像也差不多。」瑪格麗特平靜的解釋，「他們家的勇者應該也基本上都是從冬波利畢業的。而且……只有冬波利有學院森林。」

學院森林是學生們實戰的重要機會。在學校上課的時候，老師就會定期安排學生們進入森林，平時學生也能夠以個人或組團向學校申請進入適合自己學習程度的地區和野獸實戰。另外，冬波利的入學考試和畢業考試都是在森林進行的。

的確，像這樣的森林只有地處偏僻的冬波利才可能擁有，王城這種寸土寸金的地方，就算是王室支持的帝國勇者學校也很難憑空種出一片森林來。

又和瑪格麗特交流了一些關於三所學校的資訊，菲莉亞知道了王城勇者學校相對於帝國勇者學校來說比較樸實低調，更重視學生的基礎功底。同時，對比於帝國勇者學校貴族子女的群聚，王城勇者學校更多的是出生於中產家庭乃至中下層家庭的優秀孩子。

然後，終於輪到了她們兩個。

菲莉亞在表格上如實填上自己的姓名、性別、年齡、學校和專業，接著就被發了一張考試證和一枚淺藍色的徽章，徽章上用白色印刻著冬波利學院校徽的圖樣。

她打量了一下周圍，發現還有金色和灰色兩種顏色的徽章，大概是分別代表了另外兩所學校，所以這可能是用來在比賽中確認身分的。

很快，瑪格麗特同樣填好表格，拿到了考試證和徽章。

「回去嗎？」瑪格麗特問。

就算視野變清晰後不用再擔心摔倒和撞到東西，瑪格麗特不太喜歡戶外的習慣卻仍然沒有改變，她還是更喜歡留在房間裡。

菲莉亞正要點頭，卻穿過瑪格麗特的肩膀，看見一個既熟悉又不太熟悉的人影正氣勢洶洶的朝她走過來。

「菲莉亞！」來人準確的喊出了她的名字，只是語氣帶著幾分咬牙切齒。

菲莉亞愣了愣，看了來人好久，直到對方大步走到她跟前，她才猶豫的問：「你是……索恩？」

「沒錯！虧妳還想得起來啊！」對方從牙縫裡擠出話來。

菲莉亞已經不太記得自己上一次見到索恩是什麼時候了，大概至少是兩年多。最關鍵的兩年時光帶給一個發育期男孩的變化顯然是巨大的。索恩就像原本剛打好地基的房子終於建成了高塔，本來和菲莉亞差不多的身高，現在足足比她高了一個頭。

索恩是弓箭手，因此身材和菲莉亞時常見到的強力量型戰士不太一樣，他身體瘦長，但也有肌肉，只不過比較含蓄，體內的力量蘊藏著，而不是全部都向外勃發出來，肌肉只要穿上衣服就不大顯眼。

單說臉的話，索恩算不上英俊，由於脾氣很臭，表情不善，還給人一種凶惡的感覺，如果考冬波利的話，他可能在第二輪就會被伊蒂絲教授刷掉。但由於長期的訓練，他偏白皙的膚色變黑成了蜜色，多少掩飾住五官的平庸，再加上鍛鍊使他充滿活力，他看上去還帶了幾分符合海波里恩審美觀的外貌。

印象裡還是小孩子的鄰居忽然一下子長大了，菲莉亞有些反應不過來。

索恩卻好像菲莉亞在他眼中從來沒有過變化一樣，他一把揪住菲莉亞的領子，「妳竟然一言不發就搬走了！妳知不知道我……我和洛蒂知道妳父母離婚時有多擔心妳啊！妳為什麼沒有來向我們道別！後來妳媽媽和哥哥也都搬走，我還以為一輩子都找不到妳了！嘖——還有！上學這幾年妳竟然一封信都沒有寄給我……我們！一封信都沒有！」

索恩就像是要把這幾年的苦水一吐為快一般，每個字都說得惡狠狠的，還不自覺的將菲莉亞的領子往上提。

菲莉亞怔怔的看著他，等他說完之後，她終於回過神準備將索恩揪住她領子的手掰掉的時候——

「你在做什麼！」

歐文的聲音突然從旁邊插了進來，菲莉亞一扭頭，就看見他正握著魔杖，臉色煞白的往這裡走。

歐文的嗓子裡隱隱含著怒意，他嚴厲道：「放開菲莉亞！」

歐文是今天剛剛抵達王城的，他準備先將一些不能拖延的必要事項處理好之後就立刻去找菲莉亞，來帝國勇者學校報到就屬於優先事項之一。不過，事實上他從踏進帝國勇者學校就開始尋找菲莉亞的身影了，畢竟菲莉亞也會來報名，要是可以提早一些見到的話，自然最好不過。

然而，當他終於看見菲莉亞那隱藏在眾多高大勇者裡顯得相對瘦小的側影時，還沒來得及高興，就發現她被另一個勇者提起了領子！

這怎麼能忍！

歐文立刻就炸了，想也沒想就舉著魔杖跑了過來，全然忘記如果菲莉亞被人欺負的話，欺負她的人可能更危險一點。

索恩突然碰到一個來打斷他和菲莉亞說話的人也很不高興，尤其還是個準確叫出他青梅竹馬名字的男性，那個維護菲莉亞的親密姿態怎麼看怎麼讓人不爽。

索恩鬆開菲莉亞的領子，彎曲的脊背挺直起來，眼睛直勾勾的盯住歐文，然後順理成章的注意到他那頭亮閃閃的金髮。

「嘖──娘炮。」索恩輕蔑不屑的哼了一聲。

歐文對於總是被調侃髮色早就習慣了，何況這不是他天生的髮色，所以通常面對這種言詞他是不在意的。但不知怎麼回事，今天對方卻顯然讓他更火大了。

一時間，兩人眼光交會之處火光四射，簡直可以放煙火。

歐文一把將菲莉亞護在身後，舉起魔杖，筆直的對準索恩。

「滾開！」他隱藏在平光眼鏡後的灰眸透著威脅，「她不是你可以招惹的對象！」

聽到這話，索恩胸腔的火焰簡直蹭蹭蹭的往上冒，直竄喉嚨口，心想著：我把菲莉亞惹哭的時候你還不知道在哪裡玩魔杖呢！

開玩笑，他從小揪著菲莉亞的辮子長大，菲莉亞個性膽小怕事有他一半的功勞，他不能招惹菲莉亞，難道還輪得到眼前這個金毛魔法師嗎？！

「該滾開的是你！」索恩也賭氣的將弓從背上拿下來，熟練流暢的取箭上弦，箭頭對準歐文，「該死的魔法師！」

見兩邊都掏出武器，菲莉亞真的急了。要知道，索恩今天隨身揹著的箭可不是供弓箭手和其他系同學友情戰時使用的特殊箭頭，而是貨真價實尖銳無比的實箭，他要是手一抖，是真的會把歐文射穿的！

菲莉亞一下子擋在兩人中間，先向歐文慌張解釋道：「那、那個，歐文，你弄錯了，索恩沒有惡意的……」

說出「沒有惡意」幾個字，菲莉亞自己都十分心虛，畢竟在她看來，這個男孩對她從小就是滿滿的惡意。嚥了口口水，她才繼續道：「他是我小時候的鄰居……」

歐文一愣，皺起眉頭放下魔杖。

索恩冷哼一聲，怕傷到菲莉亞，也收起了弓箭。

菲莉亞總算鬆了口氣，老實說，她還是第一次見歐文氣成這樣……不，或許是她第一次發現歐文會生氣也說不定。

歐文在她面前無論什麼時候都是微笑以對，既溫柔親切又可靠。就算是在精靈之森裡碰上老約翰那麼可怕的事，他仍然保持著冷靜……可這次……

菲莉亞在「難道他是為了我而生氣」這個自作多情又可怕的念頭冒出來前，連忙用力甩了甩頭。好不容易重新凝神，她又看向索恩，說：「索恩，這是我在冬波利最好的朋友，歐文，歐文．哈迪斯。」

「……嘁。」聽到「最好的朋友」這種形容，索恩就是一陣巨大的不高興，他忍不住嗤了一聲，扭開頭。

歐文則推了推眼鏡。

平時他聽到菲莉亞這麼說，肯定會覺得內傷，但看到索恩的表情後，他忽然覺得這個稱呼也十分不錯，畢竟「最好的朋友」和「小時候的鄰居」比起來，任誰都能聽出其中的親疏遠近。

贏了！

——於是歐文恢復鎮定，將魔杖移到左手上，空出右手伸向索恩，露出一個勝利者姿態的微笑，「那麼，你好，這位……」

「索恩，索恩·波士。」菲莉亞小聲提醒道。

「索恩。」歐文的笑容越發燦爛，「我是菲莉亞的朋友，歐文·哈迪斯。」

索恩根本就不想和歐文這種明顯是對手的傢伙握手，特別是從他嘴裡聽到「菲莉亞的朋友」這個極為刺耳的稱呼，因此他厭煩的揮開對方。

歐文被揮開手倒也不生氣，只是無所謂的笑笑。

反而菲莉亞很愧疚的道歉著：「抱歉，歐文，索恩他……」心情好像永遠不太好。

歐文大方的聳聳肩，「沒有關係，我不在意。」反正已經贏了。

歐文真是太溫柔了，不管什麼時候都保持著風度。菲莉亞忍不住想道。

這時，站在菲莉亞身邊一直沒發言的瑪格麗特皺了皺眉頭。她不喜歡麻煩，因此一直沒有參與這次短暫的交鋒。不過，等雙方看上去像是暫時平靜了之後，她打量了一下索恩，問道：「你是帝國勇者學校這邊的學生？」

索恩這才注意到菲莉亞身邊還有一個女孩，而且漂亮得十分驚人……即使是索恩，亦不由自主的對著那頭耀目的紅髮愣了愣，但他很快回過神來。

「不是。」他撇撇嘴，從口袋裡摸出一枚灰色的徽章，舉到其他人眼前，「我是王城勇者學校的，別把我和帝勇那群做作的傢伙混為一談。」

提到「帝國勇者學校」，索恩表現出些許厭惡。

瑪格麗特：「哦。」

帝國勇者學校和王城勇者學校向來不合，沒什麼好意外的。畢竟這兩所學校都在王城不說，地址還都在王宮後面，基本上算肩並肩的靠在一起，低頭不見抬頭見，偏偏他們的教學理念和接收的學生類型還完全不同，自然不可能合得來。

帝國勇者學校專注於貴族學生，認為家庭傳承對勇者的塑造有著不可取代的影響。

王城勇者學校正好相反，他們認為養尊處優的環境不利於培養出意志堅定、信仰純正的學生，太過優越的物質會腐蝕學生的精神，因此他們招收的學生出身多半在中產階級以下，還有不少是從偏遠貧困地區招來的。

冬波利則因為離得遠，又不認為學生潛力和家庭有關的緣故，不怎麼參與這兩所學校的爭鬥，頗有種在角落裡自己玩的意思，只在學院競賽時才來露個面。

其實如果按照波士太太的風格，她應該使勁讓洛蒂和索恩上聽起來比較高級的帝國勇者學校才對，奈何門檻太高，實在爬不進去，至少退而求其次選擇了好歹還在王城的王城勇者學校。

菲莉亞仔仔細細打量了一下索恩的徽章，上面繪著灰色的圖文，從冬波利徽章的模式來看，這枚徽章上很可能是王城勇者學校的校徽。

這麼說來，金色的徽章應該就是帝國勇者學校的了。

見菲莉亞盯著徽章看而不注意他，索恩又感到不高興，於是將徽章一收，揣回口袋裡。他的視線在三人身上一掃，問：「你們三個都是冬波利的？」

菲莉亞將目光收回來，老實的點點頭。

「嘖。」索恩面露厭煩的抓了抓微捲的棕色頭髮。過了幾秒，索恩重新看向他們，最終目光惡狠狠的盯在歐文身上，「等著吧！在比賽場上碰面的時候，我不會手下留情的！」

▶◇◀◎▶◇◀

這個時候，皇室護衛隊副總隊長辦公室——

「……半個小時後，在王宮有一場關於調整護衛隊佇列安排的會議，總隊長和杜恩副隊長都會前來商討，然後……」

前．羅格朗太太，即安娜貝爾．瓊斯，對照著記事本將零零總總的事情彙報完後，終於長出了一口氣。

在王城的第一份工作任職已有兩、三個月，她從一開始對皇室護衛隊和王城各部門關節的事一竅不通，到現在也終於得心應手起來。

和她以前接觸過的大多數南淖灣的女性都不一樣，直屬上司約克森女士是個乾脆的人，也比安娜貝爾最初想像的要好相處得多，即使是在她一開始手忙腳亂的時候，約克森女士亦沒有過多的責備她，反而偶爾還會抽空指導她一些事情。她不僅提供她工作，還教會她如何在王城這樣的大都市裡生活，安娜貝爾相當感激約克森女士。

聽完接下來的行程安排，莉奧妮·約克森疲憊的按了按眉心。

每年一到這個時間就會特別忙，哪怕是她，有時也會覺得喘不過氣來，幸好她的助理漸漸能幫上忙了……

距離下一項工作還有半個小時的休息時間，約克森女士默默將注意力落在安娜貝爾·瓊斯身上。她認識羅格朗先生有好多年了，不過見到他夫人還是最近的事情，老實說，她有些吃驚。

約克森女士知道羅格朗先生和妻子離婚的事，也知道他們離婚的原因。因此，儘管對安娜貝爾的家庭歷史有些瞭解，她仍然沒有對這個一步都沒有踏出過落後小鎮的婦人抱有多大的期望，僅僅是看在她驚人的力量，還有或許能找準時機賣羅格朗先生人情的分上，才會讓她留下來。

不過……

現在看來，對方倒是出乎意料的認真和上進，只是剛剛進入和原本生活完全不同的環境多少還會有些迷茫罷了。

她並不討厭安娜貝爾。

考慮了一下，約克森女士又掃了一眼時鐘，休息時間還剩下二十八分鐘。

約克森女士開口：「安娜貝爾。」

「是，約克森副隊長？」

「妳現在想打架嗎？」

「……」

安娜貝爾年輕的時候也曾經趕時髦學過武器，只不過，學的是當時在她父母看來最為淑女的「弓箭」，她玩了幾天就興致缺缺，扔到一邊再也沒碰過。

來到王城之後，畢竟是在軍隊裡工作，安娜貝爾有空的時候也可以跟著訓練，於是最近她多少學了點武器基礎。

不過，這一次，她按照上司約克森女士的推薦學了重劍。

不得不承認，重劍玩起來比她當年用的弓箭要順手很多。

於是，在拿到第一個月的薪水後，安娜貝爾就跑去買了一把自己的重劍。雖然她的前夫羅格朗先生的確留給她不少錢，而且每個月還來寄生活費，但是莫名的，她想用自己賺來的錢購買武器。

事實證明，這樣做的確有一種非常特別的快感。

反正馬丁目前跟著羅格朗先生工作應該不會有事，她正好可以沒有後顧之憂的重新調整一下自己的思路和生活狀態。

約克森女士並不是第一次邀請她打架了。

說實話，約克森女士熱愛戰鬥的程度，有時候會讓安娜貝爾覺得她之所以需要一個私人助理，就是為了隨時隨地能打一架來改善心情。

最初安娜貝爾還有些遲疑，但發現約克森女士其實很克制，對她這樣的新手會網開一面手下留情後，便漸漸放開了手腳。於是，這一次，面對約克森女士的邀請，安娜貝爾也只是花了幾秒鐘想想，就回答道：「好啊。」

幾分鐘之後，局面再一次以安娜貝爾的失敗而告終。

因為是在辦公室這種狹小還有家具的地方打架，兩人都是不動武器的。安娜貝爾揉了揉痠疼的手腕，道：「抱歉，副隊長，我太弱了。」

哪怕約克森女士放慢動作、減緩力道，她仍然不是她的對手，兩人之間的水準相差太遠了，安娜貝爾感覺自己只是稍微一動，就已經被對方看穿。

約克森女士勾起脣角笑了笑，「妳起步太晚，技術太差，身體太僵硬……力量的話，倒是無可挑剔。」她心情頗好的伸展了一下軀幹。

儘管安娜貝爾差她太多，可對方那種令人震驚的壓倒性力量，仍給她帶來一些戰鬥的刺激和暢快感，並不讓人太失望。

只不過……想到對方的婚姻狀況，還有羅格朗先生那間名為「安娜貝爾」的店鋪，約克森女士嘴角的笑容漸漸收斂起來。

「安娜貝爾，妳這個休息日有空嗎？」她問。

安娜貝爾奇怪的抬起頭，看向自己的上司，「有，怎麼了嗎？」

約克森女士是個公事公辦的人，平時從來不過問下屬的私人生活，這也是安娜貝爾在這裡工作感到安心的原因之一。

老實說，儘管她對離婚什麼的已經不太在意了，可要是講出來的話，她仍然會有種尷尬的感覺。

「我需要妳加班，在這週末的一個上午，高於平時薪水百分之二十的加班費。」約克森女士道，「陪我去見一個做生意的朋友，他是我的合夥人，我們有重要的事情要談。」

安娜貝爾考慮了一下，反正她最近不用照顧孩子，也沒什麼非要做的家務，更不用和鄰居聊天攀比，對街坊之間的八卦亦沒什麼興趣了，留在家裡反而無聊……

於是她點了點頭，拿起工作筆記本翻到最後，又往上記了一筆，道：「好的，沒問題，約克森副隊長。」

▶◇◀◎▶◇◀

就像去年說的那樣，羅格朗先生之前僱傭的那個年輕女僕已經辭職結婚去了，房子裡剩下露西和管家老喬治。房子裡的工作對露西一個人來說太過繁重，據她說老喬治已經在安排招募一名新女僕的事。

菲莉亞報完名後，又在家裡休息了兩天，然後她很快收到帝國勇者學校寄來的學院競賽行程安排表和規則說明書。行程表上最近的活動是週日，那天會舉行一個開幕式，開幕式後所有參賽選手要抽籤來決定個人號碼和第一場比賽的對象，星期一正式開始競賽。

坐在客廳沙發上將寄來的所有資訊都翻了個遍，花了將近一個小時，菲莉亞終於確定自己沒什麼遺漏的資訊了，剛鬆了口氣，便碰到羅格朗先生從樓上走下來。

羅格朗先生揉著自己的眉側，看起來很疲憊，臉色相當憔悴。聽露西說，他已經熬夜了好幾個晚上，因為一位顧客訂製的產品。

好像是那位客人自己送來的設計圖，對方要求羅格朗先生的商行在規定時間內按照設計圖上製作，如果成功的話，就會將設計圖送給他，並且酬勞不菲。然而，這並不是什麼容易的事，不僅設計圖上的東西從沒見過，而且光是羅列步驟出來就極為費神。

羅格朗先生似乎是第一個做出矮人機械的人，不僅是商行的主人，也是目前為止最有經驗的機械師，因此不得不親自出手。

他看到菲莉亞正坐在沙發上看著他，有些虛弱的露出微笑，道：「午安，菲莉亞。」

「……你最近很累嗎？」看到羅格朗先生的神色，菲莉亞有些擔心的問。她和爸爸仍然不如像對媽媽和哥哥一樣熟悉親近，但最近多少好了一些。

想了想，菲莉亞補充道：「如果是不想做的工作的話……不如推掉休息一下吧？」

「不，是很有趣的工作。況且妳哥哥也在幫忙。」羅格朗先生笑道，「那位小姐送來的是相當驚人的東西，如果能做出來，一定會轟動的。妳要是有空，也可以來工作室看看。」

頓了頓，羅格朗先生看見菲莉亞攤在茶几上的那堆信件。

「學院競賽的通知過來了？」他問道。

菲莉亞點頭，「星期天開幕式……」

猶豫了幾秒，菲莉亞還是邀請道：「那個……爸爸，你想來看嗎？」

學院競賽大都設有觀眾席，可以方便學生們互相觀摩學習、家長們來看孩子的成果，偶爾也會有不相關的校外人士來看。

不過，一般的比賽大多沒什麼人會去旁觀，只有開幕式、頒獎儀式和雪冬節過後的排名賽，觀眾席才會稍微滿一點。

「……抱歉，恐怕不行。」羅格朗先生歉意道，「我之前已經約了約克森女士談生意，不能失約……妳知道，就是之前在商行的那位女士，我的朋友和合夥人，是她送劍給妳。」

菲莉亞腦海中立刻浮現出卡斯爾學長姑姑的樣子，那位平頭、打扮俐落、神情嚴肅的女士，她的外形和氣質都相當獨特，只要見過就很難忘掉。

於是，菲莉亞儘管有些失落，但還是能夠理解。

如果提前約好的話，的確不要臨時更改比較好。

羅格朗先生走過來摸了摸菲莉亞的頭，道：「我想妳哥哥應該可以去的，我去跟馬丁說一聲……唔，還有，我保證會找到時間去看妳的比賽的。」

儘管目前跟著羅格朗先生學習，馬丁畢竟還是跟著媽媽的，所以平時並不住在羅格朗先生這裡，只是偶爾會過來探望爸爸和菲莉亞。

從媽媽和哥哥搬到王城後，菲莉亞也去看過他們，但總體來說，碰面的機會仍然不多。

其實羅格朗先生住處的空房間還是很多的，若不是有女僕定期打掃，大多數都要積灰。

「爸爸……」菲莉亞小心翼翼的問道：「我可不可以邀請朋友來家裡住？那個……我有一個好朋友家鄉在風刃地區，住在這邊並不是很方便……」

她說的當然是歐文。

其實家不住在王城的學生，主辦學院競賽的學校也是會提供宿舍給他們居住的，但肯定比不上自家住宅舒服。而且……菲莉亞隱隱有些不可告人的私心，如果歐文住宿舍而她住家裡的話，他們見面的機會肯定就會不如以前多了。

——反、反正歐文只是把我當作普通朋友而已，應、應該不會有什麼誤會吧？QUQ

菲莉亞抱著點僥倖心理想著。

羅格朗先生沒有多想，家裡的房子也挺寬敞的，因為平時沒有客人，所以有時候顯得太過空蕩蕩了，再說女兒的同學肯定是和她差不多大的小孩子。於是羅格朗先生沒有怎麼考慮就略一點頭，道：「當然可以。」

第七章 第一場對手是個王子啊！

轉眼，週日到來。

菲莉亞一早就起來了，她揹上重劍，整理好戰鬥用的著裝，在向女僕露西以及管家喬治告別後，離開家去和瑪格麗特會合。

儘管已經是第二次踏進帝國勇者學院，可是菲莉亞仍然感到有些難以習慣這個地方給人帶來的壓力感，想到之後所有的比賽都要在這所學校中進行，她不禁有些擔憂。

另一邊，羅格朗先生也如約去見約克森女士。

他們就約在商行旁邊的餐館。老實說，聽到地點的時候，羅格朗先生還稍微有點意外，因為他們一般直接在商行或者辦公室裡談事情。

不過，約克森女士做事一貫可靠，而且有理有據，所以他並沒有擔心太多。

時鐘的指標轉向上午十點，羅格朗先生準時踏進了餐館。

他一步步往裡面走，越過一排排的桌椅，他很快先看見了坐在外側的約克森女士，對方果然和平時一樣保持著公事公辦的嚴肅面孔，羅格朗先生稍微鬆了口氣。

然後，繼續往前走，他看見了約克森女士帶來的同伴，不由得一愣。

約克森女士對他微微頷首示意。接著，她指指自己身邊露出和羅格朗先生一樣表情怪異的同伴，面無表情的介紹道：「這是我的新助理，安娜貝爾。」

羅格朗先生：「……」

前．羅格朗太太：「……」

約克森女士彷彿完全沒有注意到這兩個人四目相對時的尷尬，繼續平靜的往外拋出炸彈道：「接下來我還有事，生意的事你跟我的助理談就好，她會全部彙報給我，我先走了。」

——故意的吧！這個絕對是故意的吧！！不管怎麼樣至少掩飾一下吧！！！

羅格朗先生和安娜貝爾差不多同時別開了視線，氣氛簡直要僵住了。

然而，約克森女士不愧是身處戰場漩渦多年還存活下來的女人，她就像根本沒察覺到任何問題一般，淡然的拿起劍站了起來，「那麼，再見。」

然後她就真的走了，留下羅格朗先生和他的前妻——兩個無比僵硬的人。

良久，羅格朗先生嘆了口氣，默默的坐下來。

見對方沒有轉身就走，或者別的什麼更讓人難堪的反應，安娜貝爾繃緊的肩膀亦稍微放鬆下來。

這還是他們去年離婚之後第一次見面，彼此之間的目光無法交會，似乎只要一觸碰就會燒傷。不過，他們都在找機會飛快的打量對方。

羅格朗先生隱隱感覺到她和以前不同了，臉上終於有了厭煩、不耐和無聊以外的表情，儘管只不過是眉毛微蹙的苦惱和窘迫而已，卻使安娜貝爾整個人看上去比她還是「羅格朗太太」的時候鮮活了許多。

安娜貝爾卻發現羅格朗先生和她記憶裡一樣憔悴……或許是更憔悴了。他的眼底有些許疲勞的青黑色，眼球亦有些渾濁，臉色疲憊。她之前聽馬丁說過，羅格朗先生正在忙一件比往常更耗神的工作，經常整夜不睡覺。

「那麼……」安娜貝爾逼迫自己從羅格朗先生疲勞的神態中回神，去直視對方的眼睛，然後她熟練的翻出工作筆記本，「……我們開始談工作吧。」

羅格朗先生不禁愣了愣，從安娜貝爾嘴裡聽到除了抱怨、鄰居八卦以外的事，也是好久沒有的新奇體驗了，更何況這個新話題竟然是工作。

「那個……等等，安娜貝爾。」羅格朗先生頗為生澀的喊出安娜貝爾的名字。

對方彷彿也因為這個名字有一瞬間的失神。

過了一會兒，安娜貝爾回復道：「怎麼了？」

「妳知不知道……菲莉亞這學期要參加學院競賽的事？」羅格朗先生不安的將雙手交叉在一起，不敢看安娜貝爾的臉，「那個……我是想說，也許妳會想去看看？」

▶◇◀◎▶◇◀

等安娜貝爾重新回到約克森女士的辦公室裡，已經是下午三點鐘了。

約克森女士正在看書，聽到腳步聲，才抬起頭來掃了她一眼，問：「怎麼樣？」

安娜貝爾神情有些複雜的注視著她的上司，之前她以為約克森女士從來不問她一個三十多歲的女人為什麼單身帶孩子來王城工作是出於尊重和禮貌，沒想到其實是因為約克森女士什麼都知道，從一開始。

羅格朗先生說他和約克森女士是多年的朋友，菲莉亞能在冬波利報上名、他能在王城安定的做生意，全部都有約克森女士的功勞。

「……我們約了一起去看菲莉亞的第一場比賽。」安娜貝爾低著頭道，「我想……我還愛他吧。」

畢竟他們是一起長大的青梅竹馬，從安娜貝爾有記憶開始，羅格朗先生就在她身邊了。

「……誰問妳這個了？」約克森女士嚴厲的皺起眉頭，「我不是讓妳處理一下工作上的事嗎？妳的私事我不關心，妳沒必要把這種事也跟我彙報。」

安娜貝爾：「……」

驚覺自己好像會錯了意，安娜貝爾頓時老臉一紅，她居然以為約克森女士是故意安排他們見面的！真是想太多了！也對，約克森女士不管怎麼看都不是那種會把私人問題帶進工作裡的人……

手忙腳亂的拿出工作筆記本，她將羅格朗先生跟她提起的生意上的事一一彙報給約克森女士，然後安靜的立著等待回音。

約克森女士沉吟了一會兒，「安娜貝爾，妳知道這些詞彙都是什麼意思嗎？」

「……知道。」她心虛的回答道。

其實直到幾個小時前她還是不知道的，但是瞭解到她必須要向約克森女士彙報後，羅格朗先生全部幫她解釋了一遍，這導致這次碰面比最初預計的要長了一個多小時。

聽到答案，約克森女士輕輕的「嗯」了一聲。

▶◇◀◎▶◇◀

學院競賽開幕式上，菲莉亞他們整整聽了一個上午的廢話演講。

帝國勇者學校的校長顯然是個話癆，他能把一句話掰成十句來說，說完一遍又倒著說一遍，翻來覆去都是同一個意思。要不是周圍還有幾個老師在維護秩序，這群血氣方剛的少年勇者們簡直能把武器砸上去。

不過，雖然暫時還沒有把校長的腦袋當成靶子，但早就沒有人聽他講話，大家都自己竊竊私語了起來。

菲莉亞宿舍的七個人和歐文宿舍的八個人湊在一起，交流關於學院競賽的資訊，說著說著，大家就把話題轉到了去年的學院競賽上。

「去年我們學校總分是第二名，輸給了帝國勇者學校。」迪恩雙手放在腦後，懶洋洋的說道，「差了十二分，真是可惜。」

「但卡斯爾學長在學生排名中是第一名！」奧利弗興奮道，「從雪冬節前的隨機賽到雪冬節後的排名賽，學長他一場都沒有輸過！對他來說三個學校裡簡直一個能打的都沒有！」

奧利弗一向很崇拜卡斯爾，提到對方的名字就一臉振奮。他停頓了幾秒，繼續道：「聽說本來校長想邀請他留下來當這一屆學院競賽的評審，可惜學長拒絕了，他好像要跟隨一個勇者團隊去實習冒險……真好啊，不愧是學長，真正的勇者啊……」

菲莉亞也聽得有些嚮往。據說卡斯爾學長不僅沒有敗績，而且沒有在任何一個對手身上浪費十分鐘以上的時間，果然是傳說中的勇者血脈……

果然，和她決鬥的時候，卡斯爾學長肯定是放水了。_(:3)∠)_

想起自己和卡斯爾僵持不下半個多小時，菲莉亞篤定的想著。

然而，菲莉亞的注意力並沒有在優秀的卡斯爾學長那裡停留太久，就不知不覺飄到了歐文身上。

歐文穿著普通簡單的魔法師專用長袍，將魔杖隨意揣著，然後安靜的微笑著聽迪恩和奧利弗聊著聊著就開始吵「為什麼卡斯爾學長那麼強但去年學校排名還是只有第二」的問題。

歐文看起來還是和平時一樣，但菲莉亞卻因為自己對他懷著一些不可告人的心思而羞愧的紅了臉。尤其是眼角的餘光瞥到完全不顧及場合秀恩愛、幾乎要貼到一起的南茜和傑瑞那對情侶之後，菲莉亞感覺臉頰更燙了。

她打量了一下四周。

歐文的那幾個室友正活潑的打鬧在一起，麗莎剛才就去找她在帝國勇者學校的朋友了，貝蒂則瞪著摟住男朋友的南茜，瑪格麗特在和溫妮說話，凱麗好像在發呆……

很好，沒有人注意她。

菲莉亞壯了壯膽子，小心的拉了一下歐文的袖子。

歐文的注意力其實一直都在菲莉亞身上，只不過如果表現得太關注菲莉亞的話，用頭髮想也知道他那群唯恐天下不亂的室友會起什麼鬨。歐文的底氣已經不像以前那麼足了，他現在可說不出什麼「我一點都不喜歡菲莉亞」的話來。

為了不讓單純的相信「他們是最好的普通朋友」的菲莉亞失望，歐文只好努力忍下那種每一秒都想聽她的聲音、看她的笑臉、觸摸她的皮膚的可怕衝動，繼續維持住表面的淡定和從容。

不就是偽裝嗎？

都假裝成人類這麼久了，戴個面具而已，他很在行的。

於是，當發現菲莉亞拉住自己的時候，歐文雖然心跳停了一瞬，卻仍然強迫自己掛著普通的微笑轉了過去，彷彿是被拉之後才注意到菲莉亞，「怎麼了嗎，菲莉亞？」

歐文那天真無邪如清晨陽光般乾淨閃亮的純真笑容，讓心懷不軌的菲莉亞越發感覺到了自己的陰暗。

——不、不行！我應該要像歐文一樣用純潔坦蕩的心靈面對我們無瑕的友情！QAQ

菲莉亞努力的晃了晃頭，藉此摒除雜念。然後她重新看向歐文，拚命遺忘掉自己那不正當的暗戀，站在關心朋友的角度正直的問：「那個，歐文，你現在是住在帝國勇者學校這邊的臨時宿舍裡嗎？八個人一間？」

帝國勇者學校自己的學生宿舍是兩個人一間的，還配有僕人定期打掃清潔，但外來生就沒有這麼好的待遇了。

不明白菲莉亞問這些做什麼，但歐文還是點了點頭。

「嗯，還是和原來的室友住在一起。」

「那、那個……」菲莉亞使勁鼓起勇氣，使勁讓自己看起來更正氣凜然，以證明自己絕無雜念，「其實我家裡還有很多空的房間，我和爸爸說過了，他同意我讓朋友進來住……」

沒等菲莉亞說完，歐文大腦一懵……

——不，等等！冷靜點，歐文！

他聽見自己的理智拚命敲擊他的靈魂。

——菲莉亞肯定不是那個意思！而且這個邀請絕對不能答應！你知道你每天看著菲莉亞都在想什麼！要是住到她家裡的話，你真的能保證不會對她做出什麼不得了的事嗎！

——不能答應！！

——不能答應！！！

於是，開幕式結束後，歐文拖著行李，平靜的走進了菲莉亞和羅格朗先生的家。

望著這棟有些出乎意料的豪華房子，歐文淡定的想著：要是在這一年裡犯罪的話，比如控制不住忽然抱住了菲莉亞，或者更可怕一點親了她之類的，那是跪下來向菲莉亞道歉，還是立刻逃回艾斯呢？

——如果換作是爸爸的話，應該會哭著跪下來道歉吧。

努力摒除雜念、保持正直，菲莉亞總算可以單純的為和關係最好的朋友住在一起而開心了。露西已經提前為即將過來暫住的訪客安排了在菲莉亞房間旁邊的客房，並且將裡面打掃得十分乾淨。

菲莉亞帶著歐文在家裡轉了一圈，向他介紹各種各樣的地方，生怕他會迷路似的。

歐文的內心卻完全平靜不下來，出於內心深處那一點點不可名狀的期待，他不停仔細的觀察著菲莉亞的表情，然後不得不沮喪的確定對方的確只是出於對朋友的關心，才會邀請他住進來。

——不能辜負菲莉亞的一片好心，這一年絕對不能做出任何出格的事。

歐文默默下定決心，雖然還是有點能看不能吃的怨念啊……

於是，等到羅格朗先生忙完工作回來的時候，看到的就是菲莉亞帶著歐文在家裡團團轉的場景。

見到他回來，菲莉亞連忙拉著歐文過去介紹。

「那個……爸爸，這是我之前說想帶回來暫住的朋友，他叫歐文．哈迪斯，來自風刃地區，是個很優秀的魔法師。」菲莉亞一口氣說完，接著小心的打量羅格朗先生的神色。

發現女兒口中的朋友竟然是個男孩子，羅格朗先生不禁愣了愣。他還以為以菲莉亞的性格，肯定不擅長和異性相處，所以說要帶回來的朋友會是女孩子呢。

不過，是男孩子也沒什麼大不了的，他們又不是住在同一個房間，況且自己通常都會在家裡，還有女僕和管家……想想某些事情發生的可能性應該比較小，羅格朗先生的擔憂只是在腦海裡轉了幾秒鐘就釋然了，反而為自家內向的小女兒沒有想像中那麼不善人際交往而鬆了口氣。

然後，他開始盡量不著痕跡的打量著對方。觀察著自己即將要接觸的對象，這是商人的本能。

眼前的男孩大約十三、四歲，正好是不能再被單純的稱作小孩子、又離青年尚有一定距離的年紀。

他有風刃地區本土居民的標準特徵，金色的頭髮、淺灰色的眼睛，個子在同齡人中應該不算太高，但相當挺拔，站立的姿勢有種說不出的氣度，這說明他至少出生於中上層家庭……甚至更好，接受過較為優秀的禮儀教育。

單看五官，這的確是一個相當英俊的孩子，但因為是魔法師，即使似乎有著一定程度的鍛鍊，他的身板仍不像羅格朗先生見到的其他學生勇者那麼強壯，而且他還是一頭金髮……這個男孩，平時恐怕不太受女孩子歡迎吧？

羅格朗先生在心裡大致有了自己的判斷，於是向對方伸出手，「你好，歐文，我是羅德里克．羅格朗，菲莉亞的父親。」

歐文並沒有注意到羅格朗先生對自己的審視，剛才他的目光一直集中在菲莉亞情急之下抓住他的手上……太棒了！到現在為止她都忘記鬆開了！

感受到喜歡的女孩掌心傳來的溫度，歐文雀躍不已，心臟跳得快要飛起來了。

聽到羅格朗先生在和他說話，歐文才戀戀不捨的將視線從兩人交握的手上移開，幸好菲莉亞牽的是左手，他不用鬆開，於是直接伸出空著的右手和羅格朗先生輕輕一握，他禮貌的淡笑道：「你好。」

掐著羅格朗先生回來的時間，喬治和露西已經布置好了晚飯，三人入座就餐。

羅格朗先生問：「抽籤的結果出來了嗎？妳的第一場比賽是什麼時候？」

「星期三。」菲莉亞回答，「不過歐文明天就有一場比賽。」

上半年主要還是混戰，由於學生數量較多而場地不夠的關係，通常每天比賽的人數都有限制，一般每個人一週只會比上三到五場，等到雪冬節的時候，大約能和所有學生中三分之一左右的人有過戰鬥。

對手有可能是其他學校的學生，也有可能是自己學校的學生。

因為最後學校的排名是按照進入前五十名的學生數算，所以對手還是別的學校的人比較好，以免發生內耗。

上半年的戰鬥，每勝一場就計一分，只有最終排名的前四十八個人才能參加下半年的排位賽，第四十九名和五十名雖然能計入學校得分，但無法繼續排位。

另外，學生還可以透過自主報名的團隊賽來賺取額外積分，畢竟有些人比起單打獨鬥更善於團隊合作，每年都有憑藉團隊賽成績獲取決賽資格的學生。

菲莉亞第一場比賽就要等到星期三，估計她這週只能比三場了，想到一開始積分就要落後於其他人，她稍微有些心理壓力。

雖然不期望能拿到特別好的名次，可她也不想當拖學校後腿的人啊。QAQ

羅格朗先生若有所思的「唔」了一聲。

歐文擺出那副對他來說很官方的笑容，進一步解釋道：「我和菲莉亞的第一個對手都是帝國勇者學校的人。」

說到帝國勇者學校，學生們就是一大群出生豪門的少爺小姐。雖然目前最顯赫的約克森和威廉森兩家都把獨生子和獨生女送進了冬波利學院，但總體來說，帝國勇者學校才是未來貴族社交圈的雛形、當權者的搖籃。

基本上，選擇相對歷史比較悠久的冬波利的貴族家庭都是因為世代有勇者背景，而且即使送一個孩子去冬波利，也會有別的孩子去帝國勇者學校。

畢竟對將來想往高處走的世家來說，「同學」是建立穩定的人際交往網裡極為重要的一環。比如奧利弗，儘管他在冬波利學習，但他的兩個哥哥都是帝國勇者學校的學生。

聽到菲莉亞和歐文的對手都是帝國勇者學校，羅格朗先生不由得隱隱有了些擔憂。雖說是學院安排的決鬥，可在通曉人情世故的生意人看來，這種小事弄得不好也是會結仇的。如果非要打鬥的話，和王城勇者學校那些相對沒有背景的學生決鬥，肯定比和帝國勇者學校的傢伙打起來好。

於是，他憂慮的問道：「你們都知道對手的名字了嗎？」

菲莉亞點點頭，將她之前看到的對手名字報了出來。

羅格朗先生思考了一下，發現這個人的家室在帝國勇者學校中可能碰到的對手裡不算太麻煩，稍微安了心。

出於禮節，羅格朗先生看向歐文，友善的問道：「那你呢？」

歐文平靜的回答：「理查．懷特。」

「懷特？！」羅格朗先生頓時震驚了。

菲莉亞同樣吃了一驚，她還是第一次聽到歐文的對手名字，之前歐文沒有主動說，她還以為是因為他的對手也和自己一樣是無關緊要的人。

然而懷特……這不是皇室的姓嗎！！QAQ

先前隱約聽瑪格麗特說過好像有個什麼排行第三的王子和他們是同一屆，就讀於帝國勇者學校，當時菲莉亞還沒有在意，覺得哪會這麼巧，皇室成員這種遙不可及的東西說碰上就碰上……

真的碰上了啊！還是第一輪！！

海波里恩的現任國王有一個王后和三個王妃，而且國王顯然精力充沛，在執政的這些年裡不僅沒出什麼政治問題，還一口氣生了七個王子和四個公主，眼下三王子才不過十三、四歲而已，國王尚是壯年，在他為國事日夜操勞的情況下，皇室成員大有越來越多的趨勢，和隔壁好像不太熱衷於生孩子的鄰國艾斯的魔王一家形成鮮明對比。

聽說艾斯到現在都只有一個和她年紀差不多大的王子呢……光是憑王室繼承人的人數，海波里恩就已經碾壓艾斯了。

不過，雖然這年頭皇室成員不太值錢，但畢竟對方還是個王子啊……

菲莉亞瞬間無比擔心歐文，在她看來歐文是很優秀的，肯定不會輸，但要是王子氣度很差，對他懷恨在心的話怎麼辦啊……

羅格朗先生亦不禁露出驚訝和擔心交雜的神情，「我是聽說和你們同一屆的帝勇學生裡有一個王子……就是這個理查嗎？」

因為王室成員太多了，要把名字完全背住也挺難的，何況只是個小王子，因此羅格朗先生只覺得這名字耳熟而已。

「好像是吧。」歐文無所謂的點了點頭。

老實說，他對競爭對手的家庭情況一直以來還是挺關心的，畢竟對他來說這是重要的政治課題。別人或許記不住國王全家的名字，歐文卻記得相當清楚。

理查．懷特的確就是海波里恩國王家的老三。同樣出生於王室，卻是敵對的兩個國家。

歐文對對方無疑非常的感興趣。然而，縱使如此，他也沒想到第一場就能碰到這樣的好運。

想到即將和人類的王子碰面，試試對方的水準，而且還是敵在明我在暗的理想狀態，歐文不禁隱隱感到了一絲興奮。不過表面上，他還是保持著平靜鎮定的樣子。

歐文為了按捺興奮而偽裝出來的淡定，落在菲莉亞眼裡，無疑就成了氣定神閒、不卑不亢的表現。

——這種情況下還可以如此冷靜的切牛排，好像完全不擔心的樣子……

——真、真不愧是歐文啊！

▶◇◀◎▶◇◀

陽光，微風，氣象晴。

難得一見的極其適合進行決鬥的好天氣，合適的空氣、溫度和好心情，能夠讓勇者發揮出最好的實力。

如果是往常的話，菲莉亞肯定會為歐文碰到這麼有利的天氣而感到高興，但今天，她心中卻滿是擔憂。

——歐文的對手是個王子啊！是個王子啊！王子啊！QAQ

如果對方是個和卡斯爾學長一樣灑脫大方的人或許還不要緊，可要是他是個斤斤計較的王子的話……會很糟糕吧……

相較於菲莉亞強烈的擔憂，歐文表現得十分鎮定。

他已經站在比賽場地內等待了，只要對手來了就可以開始。因為還是隨機賽，裁判中亦沒什麼重要的人物，只不過是帝國勇者學校的教師們而已，見那個名為理查・懷特的三王子沒有來，他還好心情的對觀眾席上的菲莉亞揮了揮手。

菲莉亞：怎麼辦歐文看上去這麼輕鬆反而更擔心他了……QAQ

旁邊的瑪格麗特看不下去，拍了拍菲莉亞的肩膀，道：「妳不用這麼擔心。」

儘管不太清楚歐文的來頭，但瑪格麗特直覺對方不會有事。這份直覺來得莫名其妙，瑪格麗特卻相當篤定。

「妳認識那個三王子嗎？」菲莉亞問道，「他是怎麼樣的人？」

瑪格麗特皺著眉頭想了想，「在宴會上見過幾次……但沒怎麼說過話，不太熟。」她以前身體不大好，視力又糟糕，根本不喜歡出席社交場合，所以其實不只是和王子，瑪格麗特基本上跟王城貴族社交圈裡的同輩都不熟。

忽然，瑪格麗特的眉頭蹙得更深，「……今天來的人真多。」她說。

菲莉亞這才注意到今天的觀眾席幾乎是填滿的，望過去全是起起伏伏的人頭，要知道按照以往的情況，雪冬節前的隨機抽籤賽一般觀眾極少，即使有，也是過來加油的家長或者關係比較好的朋友和同班同學。

聽說歐文的對手是王子之後，歐文的另外七個室友倒是全體跑過來「撐腰」了，另外就是菲莉亞和被菲莉亞一起拉過來的瑪格麗特，他們應該算是歐文的全部親友團。這樣說來，剩下的人全部都是來為……

「啊啊啊啊！！」

「王子殿下來了！好帥啊！王子殿下！」

「看這裡啊！殿下！看這裡！」

沒等菲莉亞想完，旁邊觀眾席傳來一片震耳欲聾的尖叫打斷了她的思路，放聲大叫的大多都是女孩子，菲莉亞這才注意到今天來觀戰的很多人看起來都並不像是勇者，只不過是普通居民而已。雖然一些忘情吶喊的女性顯得很突兀，但其實大叫的男人也不少，而且不只是和菲莉亞他們年紀相仿的青少年，人群中不少是興致勃勃的成年人，一些被抱在懷裡的小孩子也揮動手中的小國旗，奶聲奶氣的喊著「王子王子」。

聽到這種一面倒的吶喊，歐文的室友們也按捺不住了。他們到底是血氣方剛的男孩子，立即紛紛站起來應戰，大喊歐文的名字，為場面的進一步混亂做出傑出貢獻。菲莉亞連忙也扯著嗓子喊了幾聲。

瑪格麗特厭煩的捂住耳朵。

菲莉亞順著眾人的尖叫方向看向場中，只見一個穿著劍士服的少年已經在近乎沸騰的氣氛中步入場內，只不過因為離得太遠，她不太看得清長相……

所以，隔壁那些叫著好帥的少女……到底是怎麼看見的？

對自己的視力還勉強有幾分自信的菲莉亞，不禁奇怪的歪了歪頭。

和在普通觀眾席上只能看到一個模糊輪廓的群眾不一樣，歐文所處的位置就是最佳特等席了。他可以盡情打量自己的對手。

人類的三王子看起來和他差不多高，一頭長度覆蓋到脖子的紅棕色頭髮於額前三七分成整整齊齊的兩股，並順著臉側垂下，也不知道是不是人類貴族的流行。論五官，他的確長得不錯，只是微微皺著眉頭，好像也對周圍太過火熱的氣氛感到不愉快。

海波里恩的人大多將劍視為風度、氣度和高貴的象徵，貴族大多用劍，王子也不例外。他腰間佩劍，淺金色劍柄的十字中心嵌著一顆眼睛大的藍寶石。

歐文的目光不由自主的從理查王子的頭頂輕輕飄過，然後不禁有些失望。

據說人類的王族頭頂會戴一個金色的王冠，按照身分高低，王冠的大小和鑲嵌的寶石數量就會不同，是身分的象徵，類似於魔族的魔王之角，他還沒有親眼見過，一直挺期待的，然而今天這位王子卻沒有戴。

和歐文細緻的打量不同，理查打量對手只是輕輕一掃而已。他自然對自己的對手有過詳細的調查，對方只是冬波利學院一個資質平平的魔法師而已，從考試成績到性格為人都沒什麼亮點，怎麼看都只是個普通人。

儘管是王子，可以什麼都不幹，躺在家裡當米蟲都餓不死，但理查對自己的人生還是很有追求的。他每天都堅持練劍，閒暇時間樂於和同學、老師討教，平時還經常閱讀劍術的理論書籍和勇者傳記，每學期在帝國勇者學校的成績都名列前茅，怎麼想也不可能連冬波利的普通水準魔法師都打不過。

——魔法師對劍士的優勢僅僅在距離上而已，在對方吟唱魔法的時間衝過去，然後比賽就結束了。速戰速決吧，下午還要和哥哥下棋呢。

理查王子飛快的在腦內擬定了一個完整的策略，於是拔出劍，準備開始。

忽然，他眼角的餘光不小心瞥到觀眾席上一個模糊的紅色身影。

——瑪、瑪格麗特？！那種髮色……絕對是瑪格麗特吧！

儘管隔得遠，可瑪格麗特那種極其特別的酒紅色頭髮還是讓理查王子一下子就將她認了出來。

理查王子頓時心臟一停。

——瑪、瑪格麗特竟然來了！天吶，她不會是來為我加油的吧？！

老實說，三王子和這位威廉森家的獨生女並沒有什麼交集，只是偶爾在宴會上碰面或者擦肩而過罷了。但是，瑪格麗特的美貌即使是在美人雲集的王城頂級社交圈也是極為引人注目的，她遠比理查的幾位公主姐妹都要漂亮得多，即使只是偶爾出現都讓人難以忘懷。

尤其是在瑪格麗特進入青春期之後，那種勇者才有的活力充沛的身段、健康的玫瑰色臉頰、閃亮清澈的藍眼睛，再加上絕無僅有的美麗紅髮，只要她一出現，幾乎連鮮花都要失去色彩，明月都要失去皎潔。

在這種程度的美貌下，瑪格麗特「生人勿近」的個性和不喜歡出現在公共場合的生活方式，反而使她更具有一種神秘的魅力。

三王子不禁心神一蕩，手中的劍握得更緊，堅定了要一招秒掉對面那個魔法師，不辜負不愛出門的瑪格麗特特意來為他加油的一片真心。

見對方擺好陣勢，歐文自然也抽出魔杖。

在裁判宣布開始後，理查小腿立即發力，猛地衝向歐文！

但出乎他意料的是，歐文放出來的魔法比想像中更快，還沒等他跑到對方面前，他魔杖中噴出的白霧已經纏住了他的劍，等霧氣消散後，他的劍刃上已經附上了一層薄冰。

——太快了！

理查王子頓時一驚：怎麼會這樣？難道這個魔法師不需要吟唱魔法的嗎？！

的確不需要。不過即使給理查一萬次機會，他也想不到眼前的魔法師勇者就是隔壁魔王家那個唯一的王子，畢竟未成年魔族孤身一人跑進勇者學校聽上去實在太找死了。

其實歐文為了掩人耳目，還是有裝模作樣的吟唱了魔法，只是吟唱速度比尋常魔法師快很多而已。在觀眾席上的人對速度和時間的感受沒有直接競賽的兩人那麼敏感，因此他們對第一次對招的感受實際上是——

「咦？那個三王子怎麼跑得這麼慢？」迪恩奇怪道，「我記得歐文用這個冰霧的魔法吟唱時間很長的吧。」

「畢竟是王子嘛，可能平時偷懶沒訓練吧。」另一個室友聳了聳肩回答。

然而，場內的三王子並不知道他已經被外面的人民群眾判斷為「訓練偷懶」了，他還在為抵擋對手一個接一個飛過來的魔法感到暗暗心驚。

——速度太快了……這種熟練程度和魔力的控制力簡直嚇人，對方明明只是冬波利學院成績普通的魔法師，難道說……冬波利魔法師的平均水準就有這種程度？！

另一邊，歐文在觀察理查的動作和反應節奏幾分鐘後，對他的程度大致有了判斷。

人類學校的學習方式並不適合歐文，卻幫助他弄清楚了人類勇者的學習體系。現在，歐文有自信比艾斯的其他魔族都要更瞭解人類的勇者。

大約十幾分鐘後，理查才終於發現了對面那個魔法師的弱點。

儘管他施法的速度很快、間隔很短，但魔法的力量好像並不是很強大。例如那個用冰霧凍結武器的魔法，凝成的冰堅持不了多久就會被陽光烤化，另外他的冰錐力量亦很小，打在身上也不怎麼痛。

——原來是重視速度而忽視力量的類型嗎？難怪在冬波利成績普通了。

發現這一點後，理查總算鬆了口氣。他堂堂王子如果輸在第一戰，實在未免有些丟臉，況且還是在瑪格麗特面前。既然對手沒有想像中那般不可戰勝，事情就好辦多了。

於是他不再畏懼歐文迎面飛來的一次次魔法進攻，用昂貴的鎧甲抵禦那些力量並不強大的攻擊，一步步直接走向歐文。魔法師的距離優勢失去後，理查輕易就奪取了勝利。

裁判宣判理查勝利後，觀眾席上立刻傳來對王子殿下的大聲歡呼。

「歐文怎麼回事？你們有沒有覺得他今天扔出去的魔法特別無力啊？」熟悉歐文的室友皺起眉頭，表示奇怪，「他難道是太陽太大中暑了嗎？明明前半場看起來還不錯啊。」

迪恩有些被打擊得挺失望，畢竟是自己學校輸了，他將雙手背在腦後，說：「可能吧，歐文那傢伙好像一直有突然後勁不足的跡象，之前考試的時候不也是？一開始好好的，突然就扔不出魔法了。」

菲莉亞亦心情低落，不過不是因為歐文輸了，而是她擔心歐文輸掉會很難受。剛才兩人對戰的時候，她緊張到把瑪格麗特的手都抓紅了，幸好瑪格麗特只是皺眉頭，並沒有甩開她。

奧利弗望著眼前這群愚蠢的人類，不禁露出深沉的表情，他覺得自己可能是這個世界上唯一知道真相的人。

——歐文後勁不足……呵呵，你去試試？這傢伙認真起來的話，放出來的才不是那種軟綿綿輕飄飄的冰錐好嗎！當初他連續打在我身上時簡直痛到爆好嗎！用肉身頂著那種硬度的冰錐硬往前衝根本不可能的好嗎！他今天放水簡直不能更多了好嗎……

——你們都被歐文的演技騙了啊！！！

奧利弗的內心十分悲憤，可是他不能說，因為即使說了也不過是被嘲笑而已……

在他看來，歐文應該不是不想讓王子輸得太慘導致自己惹上麻煩所以才會故意輸掉，反正排名賽是積分制的，只要贏得足夠的場數就行，即使真的分數不夠，還能報名參加團隊賽蹭分，輸掉一場並不要緊。難怪他第一場就抽到王子還這麼鎮定……

——太陰險了啊這傢伙！！！

奧利弗都能想像到歐文在前期卡著分數進決賽，然後在所有對手都放鬆警惕的時候忽然放大招震驚所有人的場面了。

實際上，奧利弗只猜對一半。

歐文的確不想惹麻煩，所以一開始就沒準備贏。而且充分瞭解過人類王子的水準後，他的目的也達到了，收穫相當令他滿意。

另一方面，他本來就沒準備在學院競賽中取得太顯眼的名次，他是來改變預言的，又不是來碾壓人類的，學院競賽的名次對他來說根本無關緊要，低調更重要。他那個蠢爹魔王對他的唯一要求就是在學校裡不要引人注目。

歐文的計畫是取得第四十九名或者第五十名，那兩個名次既可以獲得給冬波利的學校積分，又不必參加雪冬節後的排名賽，還符合他平時中等偏上的學習成績，實在很不錯。

於是，儘管輸了，歐文卻一點都不覺得沮喪，心態平和甚至還相當愉快的和王子互相點頭行禮表示尊重。

發現對方一瞬間的實力驚人只是錯覺之後，理查也就對歐文失去了興趣，反倒更多些取得第一場勝利的自得。他和歐文點完頭後，就假裝不經意的將目光掃過觀眾席……啊，瑪格麗特果然好像還在看這裡！

雖然是王子，但也是青春期的少年。理查精神一振，瀟灑的轉身離去，微風穿過他的頭髮，他隱隱感覺到自己的背影肯定高大了很多。

——下一次，下一次再於宴會上碰面的時候，瑪格麗特說不定就會克服內心深處對王族的恐懼，主動來和自己搭話了呢！

理查越想越開心，步伐不禁輕快了起來。

等歐文和菲莉亞他們會合，已經是十幾分鐘之後的事了。

看到菲莉亞既是遺憾又是擔憂的表情，歐文感覺心裡一暖，正要開口和她說話，旁邊的迪恩已經一把勾住他的脖子。

「沒事啦，歐文！今天太熱，本來就對你這種冰系魔法師不利，你不要太放在心裡啊，對方又是個王子，說不定平時還有請家庭教師補習什麼的……一場輸了不丟臉，還有下一場啊！」迪恩用力捶歐文的肩膀，安慰道。

菲莉亞原本準備了一肚子安慰的草稿，一聽到迪恩這麼說，她頓時覺得自己原來要說的話實在沒什麼分量，遠遠比不上迪恩，於是連忙拚命點頭。

歐文微笑，「沒事，我本來實力就不足，只好下次再努力了。抱歉，拖了你們後腿。」

奧利弗：呵呵。=_=

迪恩卻顯然沒覺得歐文這番話有什麼不對，反而十分受用。聽他這麼說，迪恩連忙拍拍胸膛，保證道：「放心吧！你輸的這一場，本大爺瞬間就替你贏回來！」

同宿舍的另一個火系魔法師也忽然覺得手中的魔杖已經飢渴難耐，摩拳擦掌的說：「沒錯！我的比賽就在下午，對手也是帝國勇者學校的傢伙，到時候肯定替你贏！不就是什麼帝國勇者學校嗎？秒殺他！」

歐文本來只是隨口一說，因此看到室友分外仗義的樣子時，不由得一愣。

——人類的勇者大多是傲慢的笨蛋……

——但稍微有點感動，怎麼回事？

他們說得太豪情萬丈，菲莉亞亦有一點被感染。她握了握放在胸口的手，看著歐文，脫口而出：「我、我也不會輸的！」

——大概。

▶◇◀◎▶◇◀

兩天之後，輪到菲莉亞站在決鬥場中。

等站進來後她才發現，儘管決鬥場是全國統一的標準格式，但是帝國勇者學校和冬波利的感覺卻截然不同。帝國勇者學校的觀眾席更高、更大，有一種氣勢浩大的壓迫感，對於菲莉亞這種不喜歡被人注視的人來說，這種格局安排無疑增加了她的不安。

唯一值得慶幸的，在歐文對王子的那一場結束後，觀眾席的人數回到了平日水準，幾乎沒有人會特地來看兩個普通學生的比賽。菲莉亞這一場的觀眾格外少一些，歐文和瑪格麗特今天也有比賽所以不能來，而其他說要來看的朋友都被她拒絕了。

菲莉亞一點都不喜歡被圍觀，人越多她越緊張，輸了的話還會很愧疚。所以，過來看比賽的人只剩下了……

菲莉亞忍不住擔憂的看向了觀眾席，唯二的兩個觀眾之間隔著微妙的距離坐著。

——爸爸、媽媽，你們真的沒問題嗎……ORZ

當然是明顯很有問題的樣子。

明明是相約而來，兩人之間卻隔著相當大的空間，並且雙方都「心無旁鶩」的筆直看向決鬥場中的菲莉亞，視線猶如兩道平行線，完全沒有交會，彷彿隔壁的人跟他／她沒有關係似的，要是有路人湊巧路過的話，肯定覺得這兩個只是剛好坐在一起的陌生人。

羅格朗先生不得不承認他現在十分緊張，比上一次毫無防備的見到安娜貝爾要來得更緊張，在等待期間短短的七、八分鐘裡，他已經鬆了兩次的領帶。其實在菲莉亞來喊他出門之前，他已經至少在房間裡蹉跎了兩個小時，整理著總覺得哪裡看起來很奇怪的髮型、挑選好像每一件都有問題的衣服，平時使用的男士香水今天也有種每一瓶都太過刻意的感覺。來看女兒的比賽，太正式顯得古怪；和前妻碰面，太隨意顯得輕慢。

況且，由於這種理由，羅格朗先生又羞於找老喬治或者女僕幫忙，更不能指望菲莉亞，因此他只好自己勉強打理好一切，卻又始終覺得哪裡的細節不盡人意。

安娜貝爾的情況其實也差不多，只不過她並沒有耗費那麼久，糾結太久索性一口氣穿了工作服，也就是軍隊裡統一的鎧甲。

按照約克森女士的說法，想要在王城生活，第一步就是要穿上正確的衣服。合適的打扮能夠讓人得出著裝者教養良好的判斷，而眼尖的人甚至能憑一件外套判斷出對方的家境、身分、地位、性格和學歷，而安娜貝爾以前的衣服統統不及格。

不過，幸好，還有一種衣服是無論如何都不會錯的，那就是軍裝。

「鎧甲的款式會證明妳護衛隊的身分，即使軍銜不高，也足以說明妳在這座城裡擁有一定的地位。」約克森女士曾經這麼告訴她，「王城的居民都是一群容易被外表欺騙的傢伙。只要妳穿著這身衣服，他們就會默認妳是有門路、不好惹的人。」

據說約克森女士甚至會穿著鎧甲去參加宴會，她胸前的勛章就是一切場合的敲門磚。

雖然簡單粗暴，但安娜貝爾並不討厭這樣的處理方式，還覺得……相當舒服。即使是和羅格朗先生坐在一起，這身戰袍帶給她的安全感也能讓她稍微放鬆下來。

決鬥場中的裁判一聲令下，準備好的菲莉亞和她的對手都舉起手裡的武器向對方衝去。

羅格朗先生鬆了口氣，他總算找到一個可以打破僵局的合適話題。菲莉亞一向對自己很沒有自信的樣子，這一場比賽可能會僵持很久，他應該有足夠的時間來緩和自己與安娜貝爾的關係。

於是，羅格朗先生定了定神，張口道：「那個……」

「冬波利勇者學院，菲莉亞．羅格朗勝！比賽結束！」

——誒？

——怪物啊！！！這女孩絕對是個怪物啊！！！

菲莉亞的對手此時內心幾乎是崩潰的。他本來看到第一場的比賽對象是個好像不怎麼強壯卻使用重劍的小女孩而心中暗喜，畢竟每個學校都會有那種非要使用不適合自己的武器的笨蛋。走近後他發現這女孩相當可愛，不由得想著說不定贏了之後還可以藉安慰之名約去吃飯什麼的，然而……

他在帝國勇者學校的成績算是中等偏下，本來就對進排名賽沒抱什麼希望，只是想稍微贏幾場就算了，但……也不至於十五秒不到就被秒掉了吧喂！！

看了看自己慘碎在地的為了比賽而買的新劍，再抬頭看著對面一臉歉意的菲莉亞，他已經沒有看見可愛女孩子的心情了。

——媽媽，我好像抽中了一頭怪獸。

菲莉亞相當愧疚，雖然在學院競賽中武器損壞或者受傷之類的都是正常的，弄斷別人的武器也不需要賠償，但她還是覺得過意不去。

而且……那把劍看起來挺新的……

「那個……對不起。」菲莉亞小心翼翼的說。

「沒、沒事。」對方哪還敢和菲莉亞多說話，只是乾笑了幾聲，「那什麼，我還有事，先走了！」

說完，他跳起來拔腿就跑，連地上的劍都忘記收拾一下，生怕菲莉亞追過去似的。

菲莉亞困惑的望著對方離去的背影好一會兒，最終覺得他跑得這麼急可能是真的有什麼事，於是沒往心裡去，趕忙跑向觀眾席。

她原本是心急父母，怕他們兩個人單獨在一起太尷尬才速戰速決的，連尼爾森教授一直提醒她「要注意力道」的事都差點忘了。然而，等她跑到觀眾席的時候，卻發現爸爸和媽媽都一臉呆然的看著她。

菲莉亞下意識覺得自己是不是做錯了什麼，低頭緊張的整理了一下衣著，才問道：「怎麼了嗎？」

「菲莉亞……妳剛才把那個男生的劍擊碎了？」羅格朗先生儘管努力保持鎮定，聲調卻仍然洩露出一絲震驚。

他剛剛的注意力都放在安娜貝爾身上，以至於回過頭的時候菲莉亞已經贏了。

因為以前沒有和女兒生活在一起的關係，羅格朗先生其實並不清楚菲莉亞到底是個什麼樣的水準，也沒有見過她的實戰。只是當初安娜貝爾希望他幫兩個孩子報名上學，他想想有必要就去報了而已，還委託了約克森女士幫忙。

安娜貝爾寄來的信裡有提過菲莉亞有天賦，但老實說他並沒有抱太多希望，畢竟他們一家人都很普通，馬丁考了三年都沒有考上任何一所勇者學校。菲莉亞自己亦是一副不自信的樣子，羅格朗先生自然會下意識的認為她在學校裡的成績一般甚至偏下。

但從這一局的情況來看……好像不是啊？

安娜貝爾也略有幾分驚訝。

她是看見了菲莉亞和對手武器交接的一幕，也知道菲莉亞繼承了她的力量和體能，但仍然吃驚於菲莉亞那一瞬間的氣勢和果斷。

當時菲莉亞的眼神似乎在一瞬間變了，重劍在被舉起的一剎那，掄起一道風，然後對面那個男孩的劍應聲而碎。

……這還是她從小養大的那個怯懦到只敢擲鐵餅的女兒嗎？

安娜貝爾一瞬間感到迷茫。她之前每年都有看菲莉亞的成績單，知道菲莉亞大部分課堂的成績都相當普通，因此她並不指望她能夠取得很多優勝。可是剛才……

在護衛隊裡工作有半年多了，平時經常看戰士們訓練，她自己也正在學習。安娜貝爾現在對重劍的理解已經和原來完全不同了，所以她當然能看出來菲莉亞剛才揮的那個動作有多麼標準流暢，甚至遠遠超過許多皇家護衛隊裡的正式成員。

安娜貝爾和羅格朗先生對視了一眼。

這一次，他們眼中都沒有先前那種尷尬的曖昧，只剩下對女兒的驚訝……還有一點說不清道不明的隱隱自豪。

另外，他們彼此都沒有發現先前兩人之間一直比較奇怪的氣氛，由於菲莉亞的關係，漸漸緩和了下來。

羅格朗先生於是平靜下來，微笑著摸了摸菲莉亞的頭，道：「妳做得真漂亮，菲莉亞。等一下我們找家好一點的餐廳來慶祝吧。」

第八章 無言的團隊競賽規則

轉眼，學院競賽開始已經兩個月有餘。

菲莉亞和歐文都分別比了不下三十場的比賽，一開始的新奇興奮早已消磨殆盡，抽籤比賽成了例行公事。歐文一直有輸有贏，算比較正常的類型；菲莉亞到目前為止還一場都沒有輸過，不過因為她的對手都是比較普通的學生，觀眾也不多，因此沒有引起什麼人的注意，甚至知道她沒有敗績的人都不多。

反倒是瑪格麗特，那種驚人的家世和美貌無論挑出那一項都足夠吸引人的注意力——本來王城裡就有不少人知道她。儘管總體而言，瑪格麗特的知名度還是不如理查王子，但她的比賽在所有賽事中還是排得上熱門的，而且熱度隨著瑪格麗特贏的場次越來越多也越來越高漲，每一場比賽的觀眾席都爆滿，甚至到了可以收門票的地步。

聽南茜說，三所學校裡的男生已經在考慮聯合組建一個瑪格麗特後援團了。她還得到了一個聽起來很厲害的「高嶺玫瑰」的稱號。

作為世界上唯一一個知道瑪格麗特喜歡對象的人，菲莉亞在去矮人商行工作室和正在學習的哥哥見面時，小心翼翼的將這些比賽時的事情告訴他，然後觀察馬丁的反應。

馬丁只是撥弄著他剛剛利用矮人工藝做出來的鐘錶，平和的微笑道：「是嗎？那真是優秀啊。」

哥哥看上去沒什麼特別的，只是個聽到新聞的普通反應。

菲莉亞說不清是替瑪格麗特失望，還是慶幸哥哥好像並不喜歡瑪格麗特。儘管在她看來哥哥很出色，但瑪格麗特的出身果然太遙遠了，讓菲莉亞有種不安的感覺。要是哥哥真的喜歡大小姐的話，過程肯定不會輕鬆，兩個人都會受傷也不一定。

但是……她自己也在暗戀著歐文，知道單相思是多麼難過的事，菲莉亞並不希望瑪格麗特傷心。菲莉亞一時心情很複雜。

看到妹妹情緒低落的耷拉著頭，馬丁有點困惑，但他旋即又輕柔的笑起來，摸了摸菲莉亞的頭，道：「不過妳也很優秀。妳到現在都還沒有輸過，對吧？我為妳驕傲，菲莉亞。」

目前菲莉亞知道一場都沒輸過的人只有四個，除了她自己和瑪格麗特以外，還有理查王子和一個王城勇者學院的學生。不過，目前沒有輸過的人裡，好像只有菲莉亞一個尚未引起他人的注意。另外，菲莉亞的室友凱麗意外的也十分出色，目前為止只輸了三、四場，估計肯定能夠進入決賽。

但菲莉亞並沒有因為哥哥誇她就感到高興。

「那個……哥哥，你覺得瑪格麗特是什麼樣的人？」

「什麼樣的人？」馬丁一愣。他思索的摸著下巴，回答道：「很漂亮，才能出眾……不過好像有點不善於人際交往的小女孩吧？」

說著，馬丁笑了笑，「有時候我會覺得她和妳有點像呢……唔，當然，妳才是我最重要的妹妹。」

菲莉亞……我不是想問這個啊，哥哥……QAQ

發現馬丁好像的確對瑪格麗特沒有投入太多的關注，菲莉亞的心情更糾結了。

又過了幾日，羅格朗先生家的房子忽然迎來了幾位訪客。

「我們來找妳了，菲莉亞！」女僕一幫他們打開門，迪恩就對著房子大聲喊道。

但從樓上第一個走下來的卻不是菲莉亞，而是歐文。

迪恩的臉色一驚，道：「你們真的住在一起了？！我還以為只是開玩笑的呢。臥槽，你這傢伙，真是有夠……」

迪恩本來想調侃歐文接近菲莉亞肯定是心懷不軌，反正他暗戀菲莉亞的事在宿舍裡基本上是公開的秘密和公共的笑點了，他自己的行為也基本默認，所以無所謂的。

但此時不同以往，一起來拜訪的還有菲莉亞同宿舍的兩名室友，而歐文好像還不準備表白的樣子，萬一菲莉亞的室友提前向當事人說出去了，歐文肯定很尷尬吧。

於是迪恩小心翼翼的瞥了眼站在他身後的南茜和貝蒂，倖倖然的住口。她們神情沒什麼異常，好像沒聽出他差點說漏嘴的話後有一個大八卦。

迪恩稍稍安心，問：「菲莉亞呢？」

南茜和貝蒂可能沒聽懂迪恩想說的話，可歐文絕對聽懂了。他臉上的微笑燦爛的簡直要放出聖光，讓奧利弗一見就往後縮了縮。

歐文回答道：「菲莉亞還在樓上，可能馬上就會出來了吧。」

他話音剛落，菲莉亞便「咚咚咚」的跑出來了，剛才她就聽見有客人來，但是把歡樂的想跑出來迎客的鐵餅塞回去時費了一點時間。

幸好有歐文撐著……

看到客廳裡的陣仗，菲莉亞略微一愣，畢竟南茜和迪恩他們要來並沒有提前通知過她。

「那個……出什麼事了？」菲莉亞問。

「哈哈哈，不是出事啦。」迪恩大笑道，「是這樣的，菲莉亞，我們是來邀請妳一起報名參加團隊比賽的！」

學院競賽的團隊比賽是主動報名的，參加的大多都是不擅長單打獨鬥，或者個人賽拿不到足夠分數進入決賽，因此需要團隊賽來刷分的學生。

為了和一般安排在工作日的個人賽錯開，團隊賽全部都安排在休息日。一旦參加，很可能就會花上一整天的時間。但團隊賽有時間限制，到黃昏時還沒有完成任務的話，就會被強行終止比賽，按照完成度計算得分。

一起來拜訪菲莉亞的人中，有傑瑞那個老實的大個子，他期期艾艾的說道：「是、是我的問題……我的積分太低了，不、不指望進決賽，但希望分數至少好看一點……」

傑瑞平時其實很用功努力，成績也還可以，只是個性溫和很少參加實戰，而且他又容易怯場。跟菲莉亞這種平時看起來軟綿綿，一到實際戰鬥反而能爆發出更高實力的人不一樣，個人賽對傑瑞來說很吃虧。

貝蒂聳了聳肩，說：「我的積分大概也不夠，還差一點，我想進排名賽。」

菲莉亞奇怪的道：「那為什麼找我啊？」

雖然現在宿舍裡的氛圍比較融洽了，但和南茜、貝蒂關係最好的，還是一開始就成一個陣營的麗莎和凱麗。

說起這個，南茜立刻有些憤憤，「麗莎那傢伙，一到王城這裡就每天和帝國勇者學校的人混在一起……我知道她在王城有很多認識的人，但是立刻就一副和我們撇清關係似的也太過分了吧？！嘁，我總算看清她了，這種事我才不要找她幫忙。」

南茜向來不會隱藏情感，想什麼就說什麼，臉上滿是不屑。

貝蒂頭疼的按了按額角，解釋道：「凱麗上一場戰鬥又受了點傷，唔……瑪格麗特肯定不會答應幫忙的，她不去的話，溫妮肯定也不去，所以……那個，妳有空嗎？如果妳沒空的話，我們再去拜託傑瑞的室友看看。我們還差兩個人。」

原來是這樣。

菲莉亞理解的點點頭，回答：「我應該沒有什麼問題。」

見菲莉亞答應，所有人的視線期待的看向歐文，其中迪恩和奧利弗的眼神透著一股莫名的詭異。

歐文：……你們就斷定菲莉亞去我肯定就會去了是吧。

然而他們猜對了。

歐文無奈道：「菲莉亞去的話，那我也……」

他話還沒說完，迪恩和奧利弗已經露出「果然如此」的神情，並且「嘿嘿嘿」起來。

歐文：「……」

他原想惱羞成怒的踢室友兩腳的，卻發現菲莉亞在他答應後特別開心的看著他，臉頰微紅，眼睛裡有種說不出的感覺。歐文頓時面頰一燙，沒空再理室友，默默將臉移向另一邊，不敢再看菲莉亞。

為了轉移注意力，他點了點人數，皺起眉頭，問：「我記得團隊賽是六個人一組吧？我們不是已經超過了嗎？」

聽到他提到這個問題，奧利弗立刻舉起雙手。

「我不去，我只是陪他們來的。」他眨眼，無辜的說道：「比賽那天下午開始，我家就有宴會，我必須要出席，如果參加的話怕趕不及。」

然後他無奈的掃了眼迪恩，「我本來邀請迪恩參加的，但他竟然裝作沒收到邀請函！」

「當然了！室友的事就是我的事！」迪恩雙手背在腦後，理所當然道，「而且比起那種穿著噁心的正裝還要應付各種長輩的討厭的聚會，肯定是傑瑞的排名積分更重要吧！」

迪恩和奧利弗好像因為家族之間有交流，從很久以前起就是那種打打鬧鬧又關係很好的朋友。

但歐文不關心這個，他推了一下眼鏡，「所以，比賽是哪一天？」

「明天！」迪恩大聲道，「像這種小事，當然要速戰速決啦！」

歐文和菲莉亞：「……」

▶◇◀◎▶◇◀

王城不比偏僻的冬波利，這裡可沒有用來提供團隊冒險的森林，只有車水馬龍的街道和鱗次櫛比的建築。然而，最能體現出團隊合作能力和團隊精神的就是冒險了，而且這也是勇者最需要團隊合作的部分，所以為了能讓參加團隊賽的學生在大城市裡冒險，帝國勇者學校和王城勇者學校搞出了一套新的冒險方式。

那套因為太過詭異而在學院裡飽受吐槽的新方法叫——角色扮演。

將學校布置成模擬的小鎮和森林，讓參賽選手按照既定的路線完成冒險，其中同一場比賽通常會有敵對雙方兩邊，在冒險過程中會有競爭，這會影響團隊最後的得分。

這本來是正常的團隊賽模式，但帝國勇者學校為了增加遊戲的娛樂性……不對，是比賽的難度，要求所有參賽的學生都扮演一個特定的身分，例如「出身在貴族家庭的魔法師」之類的，並美其名曰是為了讓學生能夠應付各式各樣的事件。

那個特定的身分會在比賽開始前用抽籤的方式決定，通常各種身分將和安排的冒險路線互相結合，最終形成一種劇本類的成品。

傑瑞道：「聽、聽說團隊比賽的話，幾位校長都會來旁、旁觀的。」

傑瑞的個性怯懦，一緊張就舌頭打結。此時他們已經站在了帝國勇者學校的等候區，只要再抽過籤就要開始團隊賽了，傑瑞自然是相當忐忑。

歐文：「……他們只是想來看戲而已吧。」

畢竟平時的個人賽可沒見他們這麼積極。

不過，團隊賽的確是學院競賽裡觀眾人數較多的比賽，畢竟它是有劇情的，和單純的打鬥不一樣。而且，聽說因為比賽中要求扮演的角色經常會出現相當過分的設定，角色扮演的契合度又是會影響總成績的，因此每年都有很多笑點和精采之處。

……雖然這些觀眾看來開心的東西對參賽選手實在很不友好就是了。

「今天比賽的冬波利學院的同學請到這裡來進行抽籤！」一位帝國勇者學校的志願者捧著一個箱子走出來，對他們喊道。

菲莉亞有點忐忑的拉住了歐文的袖子，嚥了口口水。

歐文被菲莉亞一拉，本來要上前的腳步頓時一頓。想了想，他拉住菲莉亞的手，柔軟又溫暖的觸感從掌心傳來，歐文努力表現的一臉正直，並且對自己洗腦：朋友之間拉個手是正常的……朋友之間拉個手是正常的……朋友之間拉個手是正常的……

菲莉亞被牽手，臉頰不受控制的一紅。但她一抬頭，看到歐文和平時一樣對自己微笑，菲莉亞怦怦跳的心臟就稍稍緩和下來……

——也對，我們以前就經常牽手的，歐文肯定覺得沒什麼不對。

——我、我又想多了。QAQ

六個人紛紛將手伸進箱子裡摸索，大家都拿出一張紙條。

菲莉亞正要展開，就被志願者阻止，他道：「這張紙條裡面是你們要扮演的身分資訊，要到場地內才能看。另外，你們的紙條不能被其他人看到，包括同伴，但可以透露關於自己的資訊。等比賽結束後，請將紙條再交還給我，三位校長會根據你們的表現進行評分。」

大家都紛紛點頭表示明白，迪恩不耐的說了一句「真是麻煩」。

於是帝國勇者學校的志願者男孩又笑著拿出六塊黑布，道：「那麼，我現在要蒙住你們的眼睛，把你們帶到比賽開始的地方去。」

「這有什麼好蒙眼的？」迪恩語氣有些煩躁，「帝國勇者學校我們又不是沒來過。」

不過，規定就是規定，最後他們還是都把眼睛蒙上了，然後由一群志願者分別牽引著帶到他們所說的「目的地」去。

菲莉亞因為喪失視覺而沒什麼安全感，總覺得腳下會因為踩到什麼而摔跤。因此，往常或許並不認為長的路在此時覺得格外漫長，過了許久她才重見光明。

她好像是在一個房間裡，面前只有一扇門。

負責牽引她的志願者是個一張蘋果臉的女孩，笑起來挺可愛的，她道：「現在妳可以看紙條了，確定自己的身分就離開這個房間，妳和妳的同伴將在門外會合。」

說完，女孩就走了。

菲莉亞則緊張的展開紙條，只見上面如此寫道：你是一個偽裝成人類混進勇者團隊的魔族間諜，但因為和一個人類相愛而決定徹底投奔人類的陣營。PS. 若抽中此籤的選手並非魔法師，則視為為了扮成人類而特意使用物理系武器。

菲莉亞：……魔、魔族間諜？QAQ

此時，另一邊的歐文也打開了紙條。

你是一個出身卑微的人類，愛上了一個偽裝成人類混在勇者團隊中的魔族，你發現了這一點，因此不得不替他／她偽裝。

歐文：……這是什麼鬼？喜歡上魔族的人類？話說這怎麼看上去完全是我媽那堆書裡的劇情，不是說劇情安排都是三位校長審核敲定的嗎……想不到你們是這種人！(╯‵□′)╯

看完紙條後，菲莉亞馬上從小房間裡走了出去。

外面已經有不少人等著了，迪恩、傑瑞、貝蒂，還有臉色看上去不太好的歐文。

看菲莉亞出來，迪恩立刻向她招了招手。

「……我好像要演一個陷入三角戀的男人，一個是我青梅竹馬，一個是同隊後來認識的隊友。」迪恩一副吃了蒼蠅的表情，他帶著一絲希望看著隊伍裡的兩個女孩，「妳們的內容都是什麼？還有，菲莉亞、貝蒂，我的青梅竹馬和隊友是妳們兩個嗎？」

因為紙條上的內容可不管性別，常常會有同性抽到互相有戀愛情節的紙條，雖然對選手來說很尷尬，但觀眾卻對這種搞笑的狀況喜聞樂見。

菲莉亞搖了搖頭，「不是我，我好像是個因為愛上了人類所以投奔向人類的魔族。」

聽到這話，歐文心臟一停。

貝蒂則點頭，面無表情道：「我是你的青梅竹馬。」說完，她嫌棄的看了眼迪恩。

一聽只找到一個相關角色，迪恩的臉色頓時有點絕望，他將視線轉向他的幾個室友，問道：「那你們呢？」

傑瑞說：「我是暗戀你青梅竹馬的貴族勇者……」

迪恩道：「所以原來是四角戀嗎！歐文，你呢？別告訴我你是和我有感情糾葛的另外一個隊友。」

想到菲莉亞抽中的內容，歐文臉頰一燙。

「我、我是和那個魔族相愛的角色。」回答的時候，歐文根本不敢看菲莉亞。

菲莉亞眨了眨眼睛，同樣臉熱，下意識的移開視線。

「哦？那你們就是對手戲了？」迪恩調侃的看了兩個人一眼，同時大鬆一口氣，「這麼說來，這個隊友就是還沒有出來的南茜了！太好了！」

聽到南茜要和迪恩有感情關係，傑瑞的神情變得有些失落。

迪恩繼續道：「不過，說起來這些角色的配置怎麼聽起來有點耳熟，尤其是菲莉亞這個魔族間諜……」忽然，他一拍大腿，「我想起來了！這些人物設定……不就是照抄《黑玫瑰勇者》的嗎？」

歐文：「什麼鬼？」

菲莉亞和傑瑞也一臉迷茫，貝蒂卻露出些瞭然的神色。

迪恩張口準備開始解釋，道：「那個是……」

「是十二個世紀前，著名戲劇家法蘭西斯．曼創作的劇本。」忽然，最後一扇門推開，一個相當冷靜的男聲插進對話中，「講述魔族和人類雙方在戰爭中錯綜複雜的愛情故事，開創多角戀悲劇劇本的先河，至今仍然是浪漫主義戲劇中的典範。」

聲音的主人頓了頓，「這麼說來的話，我們的對手扮演的應該是以魔族公主為首的一群魔族了。唔……而且他們應該還在忙於奪取王位。」

迪恩：「……所以說你誰啊？」

菲莉亞在陌生的聲音出現的一剎那就看了過去，站在他們面前的，是一個身材瘦長的男性，比肌肉男傑瑞之外的所有人都要高，穿著魔法師常用的耐髒黑色法袍，一頭好像不太打理的半長不短的金髮，手裡握著一根魔杖。

奇怪的是，他的瞳色是在人類中很少見的暗紅色。

「尤萊亞．科克蘭。」他雙手環胸，隨意靠在門邊，道：「來自王城勇者學校。看來接下來我就是你們的同伴了。」

迪恩：「……啥？」

尤萊亞晃了晃夾在兩指之間的小紙條，「我應該就是另一個和你互有好感的同隊隊友，看來為了增加劇情性，這場比賽還有兩隊雙方互相更換一個隊友的設定……就是不知道他們怎麼算積分了。」

傑瑞擔憂的問：「那、那南茜呢？」

「我不知道你所說的南茜是誰，不過如果是你們本來的隊員的話，應該在王城勇者學校的隊伍那邊。」

尤萊亞輕描淡寫的說著，他將手指間的紙條往口袋裡一塞，又指了指菲莉亞。

菲莉亞對陌生人一貫警惕，心中一緊，下意識的握住了重劍的劍柄。

「我剛才在房間裡聽到你們的角色分配了，其實我覺得她的那個角色更適合我……混入人類之中的魔族，這種角色設定的話，扮成像我這樣從風刃地區來的魔法師才是聰明正確的做法，不是嗎？」

歐文：「……！」

尤萊亞又指了指自己的暗紅色眼睛，繼續說：「更何況我本來就有一點魔族的血統。為了避免你們問起來，我自己先說好了。」

「魔族血統？」菲莉亞一驚。

「嗯，其實在風刃地區還挺常見的，畢竟在邊境有貿易往來……比較亂的地區說不定還有妓院。我的話是外祖父，外祖父是家鄉在艾斯南邊的魔族。」尤萊亞沒怎麼看菲莉亞，只是解釋。

正像他所說的話，即使他自己不提眼睛的事，別人也會問起來，迪恩就一副剛把話從喉嚨裡嚥回去的樣子。

歐文則是滿臉的警惕，這個人說的話讓他心臟都快停了，他皺起眉頭，掩飾的推了一下眼鏡，問道：「你看著我做什麼？」

尤萊亞頓了頓，才道：「你好像也是風刃地區的魔法師……你家在哪裡？」

對這種隱藏身分的基礎問題，歐文早有準備，他將大魔王在風刃地區弄來的房子所在地報了出來。

「南方啊……」尤萊亞果然知道，「我家要住得更北一點。」

不想將家鄉的話題繼續下去，歐文連忙將大家的注意力轉移到正題上，他道：「算了，別說這些廢話了，我們時間緊迫。接下來我們要去哪裡？」

「任務表在我這。」迪恩連忙拿出一堆紙張狀的東西，當初報名時他是隊長，「呃……先去找一個模擬的村莊，然後幫村民做十件事。」

歐文略一點頭，道：「那我們先按照地圖找村莊……還有，路上能麻煩你們說一下關於那個什麼《黑玫瑰勇者》的事嗎？」

歐文對人類的文學作品實在不太熟。

「嗯，我看過好幾遍，我來說吧。」貝蒂一邊點了點頭，一邊掃了眼看上去好像對故事很瞭解的尤萊亞。

於是，迪恩核對地圖找地點，貝蒂則在一旁講解。

《黑玫瑰勇者》是從人類男性視角出發的愛情故事，主角是迪恩抽中的那個角色，他是個英俊、正直、充滿正義感的人類勇者，他與青梅竹馬的少女一起出發旅行，然後結識了另外四個同伴，並且六個人的情感變得極為糾結。

首先是青梅竹馬的魔法師少女一直暗戀男主角，但男主角只把她當成是妹妹。同伴中的另一個貴族女孩也在旅行過程中被男主角的高尚品德所吸引，奮不顧身的愛上他，但同行的一個貴族少爺卻喜歡貴族女孩。隊伍裡的另外兩個人則是一對情侶，但由於雙方種族的矛盾和差異而導致許多問題。

不過，這部戲劇的出眾之處是在於對魔族文化的瞭解，他在傳統的描寫出人類的戲劇基礎上，詳細的寫了作為反派的魔族，當然，仍然是複雜的多角戀。魔族那邊的主角是渴望王位的魔族公主，在她身邊是一直隱藏愛意、默默守護她的魔族大祭司，另外還有魔族女僕、大臣、貴族和魔族女王糾結在其中，戀情要多混亂就有多混亂。後來魔族公主還愛上了身為人類的男主角，導致矛盾衝突越演越烈，而結局……

雙方人馬都全滅了。

「就是這樣，很感人吧。」貝蒂說完面無表情的看著歐文、菲莉亞和傑瑞，等待著他們的評價。

歐文：「……」↑對人類的劇本心情複雜。

傑瑞：「太、太亂了，我沒聽懂，能、能再講一遍嗎？」

菲莉亞：「我也是……QAQ」

貝蒂「嘖」了一聲，感覺到和愚蠢的凡人探討偉大藝術的無力感。

為什麼這個世界的人類總是如此膚淺呢？

等說完《黑玫瑰勇者》的劇情，六人也差不多按照地圖找到了那個模擬出來的村莊。雖說是「村莊」，其實只是用木板搭了幾間只有一面外牆的房子，然後穿著十二世紀前傳統服飾的帝國勇者學校志願者裝模作樣的站在門口而已。

看著簡陋的村莊，菲莉亞無語了幾秒鐘，接著就想跟在迪恩後面往那裡踏。

但尤萊亞攔住了他們，「等等。」他瞇了瞇眼睛，說：「這個比賽很重要的一個環節就是扮演，角色扮演得好壞會決定分數的高低，我們之前一直都沒有注意扮演角色，我覺得在進村莊之前，我們應該做些符合身分的事。」

他頓了頓，然後指了指菲莉亞，「她剛才就不應該把自己是魔族間諜的身分說出來。這樣一來，她旁邊的同伴就沒法辦法履行自己的職責替她隱藏了。」

菲莉亞頓時慌張起來，想不到她已經拖了團隊的後腿，立刻十分愧疚。

歐文下意識的將菲莉亞擋在身後，出聲維護道：「但如果不是她這個特徵鮮明的角色，你們也沒有辦法一下子想到是《黑玫瑰勇者》吧？畢竟職業和性別都是打亂的。接下來注意一點不要表現出來就好了。」他們兩人扮演的角色在原著裡就是相反的。

不過……

歐文擰起眉頭，他有種自己所做的事竟然被一千兩百年前的古人猜中的微妙感，雖然這個古人的愛情觀實在是……

另一邊，菲莉亞的思維完全在另一個維度上。

——歐、歐文真是好人！明明拖了後腿還維護我！

菲莉亞感動不已，在她眼中，歐文的背影又高大了很多。

尤萊亞想了想，點頭道：「……說得也沒錯，反正我跟你們也不是同一所學校的，雖然不知道他們到底要怎麼計分，不過你們的得分應該和我關係不大……隨你們便吧。但是，符合自己身分的事我還是要做的。你們呢？」

菲莉亞和歐文同時心頭一緊。

迪恩一咬牙，「做吧！不過事先說好，我不和你這種男人有什麼親密舉動的！」

第九章 好朋友手牽手一起走

雖然決定要做點親密的舉動了，但大家畢竟都是敏感的青春期少年少女，多少還是有點放不開。想了想，他們決定用互相牽手這種比較含蓄且還算可以接受的方式來完成這個簡單的扮演任務。

於是大家緊張的依次站好。

扮演單戀貝蒂的貴族勇者傑瑞先漲紅了臉拉了一下貝蒂，貝蒂把他甩開。

然後貝蒂去拉迪恩，迪恩一臉不情願的一手拉貝蒂、一手拉尤萊亞，三個人排排站，接著一同看向了歐文和菲莉亞。

歐文和菲莉亞的視線僅僅是交會了一剎那，兩人就都飛快的移開。

菲莉亞：好、好心虛！

但團隊賽的時間有限，兩人不能僵持太久。菲莉亞不敢再扭捏耽誤大家，小心翼翼的將手朝歐文的方向探過去。歐文也正好將手探過來，手指一觸，菲莉亞先是一愣，然後兩人的手輕輕的勾在一起。

總覺得這種在別人注視下的、帶有感情意味的牽手，和以前的牽手感覺很不一樣，掌心傳來的對方手指的溫度特別鮮明，菲莉亞的臉頰燙得厲害，連呼吸都有點不暢了。

歐文的感覺也差不多，他想把菲莉亞的手握得更緊一些，但又害怕牽得太緊會暴露自己的內心。

尤萊亞道：「你們覺不覺得你們牽得太隨意了一點？作為我們之中唯一一對兩情相悅的

角色，好歹來個十指相扣什麼的吧？」

歐文：「……」

菲莉亞：「……」

迪恩看到歐文的處境好像比自己更慘，頓時開心起來，幸災樂禍的補刀：「對對對，你們不是情侶嘛？應該一路都牽著手啊！」

菲莉亞：「……」

歐文：「……」

看到迪恩不斷遞過來的「我只能幫你到這裡了」的古怪眼神，歐文剎那有一種想直接掄起魔杖砸死他的衝動……

「我們這樣表演真的會有人看嗎？」歐文頭痛的用空出來的手按了按眉心，強作鎮定的問道。

「會的。」尤萊亞信誓旦旦的說，「學校裡有教授會這種從魔族那裡傳來的魔法，能夠將特定的場景投影出來。不過，因為魔力消耗很大的關係，要好幾個教授輪流進行。」

尤萊亞稍微停了幾秒，繼續說：「你知道，魔族的魔法就是消耗特別大。」

歐文：「……我知道。」

四周沉默了數秒。

在大家灼灼的目光注視下，菲莉亞紅著臉硬著頭皮道：「那、那我們換個牽法吧。歐、歐文，你介意嗎？」

——我當然不介意了！！！

看到菲莉亞臉上可愛的紅暈，歐文的內心表示讓他一路抱著菲莉亞走都行。

但是想到太誇張的話說不定會嚇到對方，於是歐文使勁讓自己冷靜下來，淡定的抖了抖魔法袍道：「嗯，我不介意，那我們換個牽法吧。」

於是，另外四個人鬆開彼此後，菲莉亞和歐文兩個人繼續僵硬的牽手前進，一隊六人邁進了村莊。

扮演村長的是個貼著鬍子偽裝成老年人的學生志願者，他面無表情道：「歡迎你們來到勇者村，各位客人遠道而來，相信一定很樂意替我們幹點活吧？」

這是強行發任務啊！

帶頭的迪恩立刻被村長強硬到自然的演技震驚了。

於是他清了清嗓子，裝模作樣的回答：「呃……是的，我們跋山涉水過來就是為了幫你們的忙。請問你們有什麼煩惱嗎？」

「那真是太好啦！」村長繼續面無表情的用毫無起伏的語氣說話，「是這樣的，我們村的大嬸二嬸三嬸都想用黃紋巨貓幼崽的肉做餡餅，麻煩你們去北邊的森林裡面帶一隻巨貓幼崽回來。」

誰會用黃紋巨貓做餡餅啊！！！這個村莊的嬸嬸們太凶悍了吧！！

儘管內心對這些臺詞充滿吐槽，但為了團隊任務的積分，他們還是只能默默的去了。

說是森林，其實只是校園內的練習獸飼養中心，稍微布置成森林的樣子而已。

剛踏進飼養中心，早已準備好的教師們就飛快的放了一隻黃紋巨貓的幼崽出來。

如果是成年的黃紋巨貓，對五年級、只有六個人的團隊來說絕對是一場惡戰。但巨貓幼崽沒有那麼可怕，眼前的年幼巨貓只不過兩公尺左右的高度，牙齒還沒有發育完全，身上的黃色條紋顏色尚不鮮明，帶著些稚嫩的毛茸茸感。

看到眼前的六個人，巨貓幼崽發出帶著奶氣的「喵喵嗷嗷」的吼聲。

看到黃紋巨貓，菲莉亞不禁被勾起了當初入學考試時和歐文一起掉進洞裡的回憶，當時若不是被一隻成年的黃紋巨貓追逐的話，他們恐怕不會因為逃跑而掉進洞裡，也就不會在一起一個晚上，不會有那種患難與共的經歷……說不定，也不會有現在這麼好的關係了吧？

想到當時她和歐文其實是脫掉衣服抱在一起取暖的，菲莉亞不禁懷念的低下頭，原本因為熟悉牽手而漸漸消退的緋紅又浮出些許上來。

當時主要是歐文保護她，拉著她的手帶她逃跑，還用冰錐減慢了巨貓的步伐。自己只不過是最後扔了一下鐵餅而已……

不過，現在應該可以換作自己來保護歐文……還有別的同伴了吧？

「大家準備！」迪恩作為隊長，一聲令下，自己也抽出腰間的劍。

菲莉亞定了定神，鬆開歐文的手，飛快的將巨劍從背後拿下來。歐文則拔出魔杖。

「菲莉亞、傑瑞！」迪恩大聲喊道。

菲莉亞立刻就明白了迪恩的意思，她和傑瑞是強力量型的戰士，在隊伍中應該擔當吸引對手注意的角色，她飛快的拖著劍向隊伍的最前方狂奔，眨眼的工夫就擋在迪恩前面！

「喵嗷──」巨貓嚎叫一聲，抬起爪子搧向菲莉亞。

菲莉亞連忙用刀刃頂住巨貓的攻擊，在她的力道下，體型大她十多倍的巨貓爪子竟然始終無法向下一寸！

儘管早已知道菲莉亞是尼爾森教授最鍾愛的學生，這驚人的一幕仍然讓傑瑞愣了愣，直到迪恩推他，他才想起來自己擔任的是和菲莉亞一樣的工作，連忙掄起大刀奮力往黃紋巨貓幼崽身上砍去！

很快，黃紋巨貓被徹底激怒，越發憤怒的反抗起來。

「你為什麼一直用刀背砍！！！」戰鬥十分鐘後，注意到傑瑞的動作，迪恩憤怒的大聲吼道。

「這、這貓還是小孩子啊……傷到牠多可憐啊。」一邊維持著和巨貓對峙的動作，傑瑞一邊吼著回答迪恩的話。

「媽的，你這樣還是個勇者嗎！！！」要不是他也在參與戰鬥，迪恩簡直想衝過去拿劍劈死傑瑞。

另外三個人，貝蒂在正後方，作為弓箭手，她第一時間就爬上了旁邊的樹木，找最合適的角度放冷箭。

歐文和尤萊亞則在三個近戰戰士後面，用魔法往巨貓身上一個接一個砸冰魔法。

意外的，儘管是第一次合作，他們兩個人卻顯得很有默契。

「……你的魔力不錯，釋放速度也很快。」歐文試探道。

「嗯。我有魔族血統，所以魔力容量比一般人大一點。」尤萊亞的魔法不停的往巨貓身上砸去，只在停止砸魔法的間隙會稍微往歐文身上瞥一眼，「其實你也不錯啊，我很少看見有魔法師唸魔咒可以這麼輕鬆的，你說不定也有魔族血統，只是你不知道而已吧。」

尤萊亞的眼睛是渾濁的暗紅色，這使得他的瞳孔看上去比一般的魔族更深邃，有種深不見底的感覺，因此被掃過的時候，會讓人下意識的心臟一緊。

尤其是聽到他說的話的歐文。

人類魔法師唸魔咒是需要注入魔力和精神的，因此需要高度集中注意力，有時候甚至很消耗體力，一旦開始吟唱咒語，對周圍的感知力就會下降。但作為即使在魔族中也屬於天生比較強大的歐文，自然沒有這種限制。

魔族簡直是在身體和血液中刻滿了魔法紋路，他們使用魔法不會被任何法則所局限。

為了假裝成人類的魔法師，歐文平時都會吟唱咒語，而且速度也故意和普通人差不多。

在此之前，還從來沒有誰注意到過他吟唱力度的問題。

「或許是吧。」歐文精神越緊張，外表就表現得越冷靜。

這位魔王和魔后的兒子淡淡一笑，道：「畢竟我們是風刃地區的居民，家族中有魔族也不奇怪……不過我父母都是很普通的冰系魔法師，據我所知好像沒什麼魔族的血統。他們從小就教我怎麼唸咒語，可能是因為這樣我才比較輕鬆吧。」

尤萊亞又從釋放一層冰霧的間隙掃了眼歐文，繼而快速的將視線投回巨貓上，只是點了點頭，回答：「哦。」

歐文：「……」

歐文不得不對這個王城勇者學校的學生警惕起來。和別的學生不一樣，他能夠感覺到這個混血兒遠遠比其他人更熟悉魔族和人類之間的區別。

說起來，尤萊亞．科克蘭這個名字，他好像稍微有點耳熟……

突然，歐文手上的動作一頓。

尤萊亞．科克蘭……

不就是王城勇者學校那個一場比賽都沒輸過的學生的名字嗎？

奮鬥一個多小時後，六個人總算將黃紋巨貓幼崽完全制服了。

巨貓幼崽的體力已經完全耗盡，又被菲莉亞、傑瑞、迪恩三個勇者一起用力壓在地上，牠特別可憐、特別疲憊的發出「咪嗚咪嗚」的叫聲。

聽著這個叫聲，傑瑞感到有些糾結。

「那個……真的要把這隻貓送去給那些嬸嬸們煲湯嗎？牠、牠看起來很可愛啊……」

迪恩恨鐵不成鋼的一拳頭打在傑瑞後腦杓上，「你傻啊！怎麼可能真的煲湯！一隻黃紋巨貓很貴的好不好！只要交給那個村長，他們肯定等一下就送回來了，說不定下個星期的團隊賽還要用呢！」

「哦、哦……」傑瑞似懂非懂的抓了抓自己被打得有點疼痛的後腦杓，鬆了口氣般的點點頭。

貝蒂拍了拍手，將弓一收，從樹上跳下來。

「所以呢？我們要怎麼樣把這隻貓崽送到村長那裡去？」

迪恩雙手背在腦後，「跟這邊的管理員要個籠子，然後六個人一起抬回去吧……嘖，幸好不是成年巨貓啊。」

菲莉亞頓了頓，默默將喉嚨口那句「不如我來搬吧」嚥了回去。

好不容易將一點都不小的巨貓幼崽搬回「村莊」，只見村長早已站在村口等他們，見他們抬著貓回來，他面無表情的撻了撻假鬍子，將一張羊皮卷在面前攤開，唸道：「接下來，我們村裡的大叔和二叔最近摔斷了腿，希望你們能夠幫忙把……」

等把那個麻煩的讓人想掐死村長的十個任務都做完，已經是中午以後了。

六人都精疲力盡，而且身上都不免掛了點彩。

這個村莊真是人人都不省心，有想吃花斑彩蛇膽的小男孩，還有想要四腿禿鷹尾巴上的毛來做衣服的待嫁新娘。

在村莊和練習獸飼育中心之間來來回回跑了十次，即使是菲莉亞都不禁感到有點難以言喻的煩躁。她拉了拉貝蒂的袖子，問：「那個……這是戲劇原著裡的劇情嗎？」吃那麼奇怪的東西？

貝蒂連說話的力氣都沒有了，她背後箭袋裡的箭只剩下零零落落的最後幾枝。

「有兩、三個任務是……其他好像是他們自己原創的。可惡，竟然這樣侮辱名著……」

將最後一個任務要用的野獸弄回村莊，村長仍然在村口等待，只不過手上那張招人討厭的羊皮卷終於沒有了。他用毫無起伏的語調懶洋洋的唸著固定臺詞：「啊，各位壯士，謝謝你們，謝謝你們拯救了我們的村莊。請你們務必今日在我家用餐，我讓我女兒替你們準備可口的麵包。」

聽到可以吃飯，大家都鬆了口氣。

菲莉亞也一樣，她之前還在擔心團隊賽會不會是「靠不提供午飯來模擬勇者冒險過程中不得不經受的飢餓感」之類的設定。

不過，說是「村長家的午飯」，其實只是在幾片木板搭建房子中放了張小桌子與數張椅子，桌上的餐點也是由帝國勇者學校的食堂製作的，然後再由一個扮演村長女兒的志願者女孩一點一點送上來。

人在飢餓疲憊的時候，什麼都能吃下去，更何況帝國勇者學校是王室支援的，學生大多出生貴族，平時的伙食自然不可能差。像學院競賽這種時候，食堂更是使出渾身解數弄了不少新花樣，各式餐點從外表來看都是相當奢侈可口的。

「不愧是帝勇……真、真是奢侈啊。」迪恩一邊往嘴裡塞滿了火雞肉和生菜，一邊含糊不清的感慨道。

然而他沒有得到任何回答，因為其他人基本上都吃到無心聊天的狀態之中。

除了歐文和菲莉亞。

貝蒂勉強把一塊麵包嚥下去，奇怪的問道：「菲莉亞、歐文，你們不吃嗎？」

歐文微笑道：「我還不怎麼餓。」

光是看到迪恩和傑瑞狼吞虎嚥的樣子，歐文就有種不舒服的感覺，尤萊亞稍微好一點，但跟之前冷靜自持的模樣也大相徑庭了。

歐文當然也覺得很飢餓，但……怎麼能讓菲莉亞看到這麼沒有風度的模樣。_(:3」∠)_

菲莉亞則疑惑的舉起了手裡的燕麥麵包，「我有在吃啊……」

——可妳吃得不急啊！

看著菲莉亞做了一上午任務卻還不是特別疲憊的樣子，貝蒂心情難免有些複雜。不過，她沒有時間想太多，很快就繼續加入和三個男生搶食物的激烈戰爭之中。

正吃著，突然，扮演村長女兒的女生又一次推開木板臨時做的平面門走了進來。

「是有甜點來了嗎？」迪恩頭也不抬的問道。

但村長女兒只是默默站在一旁，詭異的沉默一、兩分鐘後，兩行眼淚便順著臉頰落了下來，同時還發出可憐的嗚咽聲。

菲莉亞奇怪的抬起頭，這才發現這個剛才一直沒太注意的女孩子，其實長得十分漂亮。不過，相對一般勇者來說，她的臉色蒼白了些，身材也清瘦了些。

迪恩聽見哭聲也抬起頭，然後一看到村長女兒梨花帶雨的臉，頓時吃不下了。他尷尬的將手裡的麵包放下，戳了戳旁邊傑瑞的衣角，小聲道：「傑瑞，這個女生的演技好像和其他人不一樣啊……」

的確，對比之前連表情都懶得裝的村長，眼前的女孩子可謂演技驚人了。

可回答他的卻不是迪恩，尤萊亞道：「她是帝國王城勇者學校輔助類的學生，專業是醫療……雖然是輔助類，但做什麼都很拚命的。」只是有時候會因為格格不入而受人嘲笑，就像現在這樣。

猶豫了一下，尤萊亞還是沒有將最後一句話說出來。

儘管知道是劇情設定，可眼睜睜的看著女孩子哭，還是看起來弱不禁風的女孩子，迪恩感覺渾身不自在，他問道：「那個……妳有什麼事嗎？」

見終於有人搭腔，村長女兒幽幽開口：「各位勇士，你們為村莊所做的事，我全部都看在眼裡，並且萬分感激。我相信你們全部都是正義善良的勇者，既強大，又執著。但是，你們的努力仍然不能完全拯救村莊……」

她頓了頓。

「因為……在村莊的北方，就是魔王的宮殿。那位魔王……是一個窮凶惡極的魔頭，每隔三個月就會來村莊裡殺人取樂，有時還會擄走村莊裡的婦女。只要魔王還在，我們的村莊就永無寧日！勇敢的勇者們啊！你們願意冒著危險，替我們除去那個禍患嗎？」

歐文：「……」

感情微妙。

說到魔王，他總想到自家爸爸那張蠢臉。而且擄走村莊的婦女什麼的……爸爸會被媽媽打死吧。

「呃，當然了。」迪恩擦了擦嘴角的麵包屑，「那個，妳能先別哭了嗎？」

村長女兒抽抽鼻子，抹了抹眼淚，一邊從口袋裡掏出一張早已準備好的羊皮卷，一邊露出一個有點苦澀的微笑。

「謝謝你們，這是去魔王城堡的地圖，願女神一路與你們同在。」

▶◇◀◎▶◇◀

即使帝國勇者學校是皇室支持建造的學校，所在地畢竟還是寸土寸金的王城，因此面積遠不如偏僻的冬波利，能為團隊賽提供的場地並不是很大。地圖似乎也無意繼續為難他們，故而菲莉亞一行人沒過多久就找到了魔王城堡。

魔王城堡的製作工藝顯然比村莊要精緻許多，隔得老遠就能看見被顏料塗成暗色的城堡塔尖，屋頂按照層次被分隔出好幾個色調，城堡上的磚塊整齊清晰。

不過……

從看到塔尖的一剎那，菲莉亞心中就不由得騰起一股不好的預感。

「……這裡不是個人賽的比賽場地嗎？」貝蒂皺了皺眉頭，問道。

「……是啊。」迪恩同樣心頭一緊，回答。

在個人賽的比賽場地就說明……有觀眾席！

雖然先前的任務過程會使用魔法讓觀眾能夠觀賞，但是菲莉亞他們畢竟看不到觀眾的存在，因此影響並不大；而現在，要到觀眾席前面去，還要表現自己所需要扮演的角色……菲莉亞心跳不由得加快許多。

她一緊張，手指不由得握緊。

感覺到和自己交握的手力道加大，歐文側過頭看菲莉亞，發現她額角都冒出了冷汗。

「沒事的。」歐文用力回握了菲莉亞的手，淺笑著鼓勵道。

和菲莉亞維持牽手這麼久，他們度過最初、最害羞的時期之後，也習慣了。歐文甚至萌生出「能夠藉比賽的機會正大光明的牽菲莉亞好像也不錯」之類的想法。

「嗯、嗯！」菲莉亞重重的點了點頭。

離魔王城堡還剩下一、兩百公尺遠時，迪恩慢下腳步，回頭對其他人道：「就快到了，我們先把陣勢擺好吧。菲莉亞、傑瑞，你們到前面來，貝蒂找個隱蔽的地方躲好……歐文，能麻煩你看住你旁邊那傢伙嗎？」

「當然。」歐文回答道，順便掃了眼尤萊亞，果然對方畢竟是另外一所學校的人，沒有辦法完全信任他。

尤萊亞無所謂的聳了聳肩。

於是，菲莉亞鬆開牽著歐文的手。由於彼此交握了太久，忽然鬆開手心反而有種空蕩蕩的感覺，不過菲莉亞只失落了幾秒鐘，就打起精神和傑瑞一起跑在前鋒。

一行人小跑加速，撞進觀眾席的視野之中，原本就熱鬧的觀眾席上頓時又爆發出一陣人聲的高潮。

然後，他們看見頭上頂著王冠、身穿女裝、漲紅臉頰的索恩．波士出現在城堡的頂端，他把話一個字一個字陰森森的從牙縫裡擠出來——

「你們終於來了，人類的勇者。」

第十章 吻與勝利

「臥槽，哈哈哈哈哈哈！！！」

沉默了幾秒，迪恩率先抱著肚子笑了起來，一點都不給對方留面子。

歐文亦不禁輕輕勾了勾嘴角。

索恩是個身高約有一百七十公分的大男孩，在這個年紀裡絕對不算矮了，由於是弓箭手的關係，因此肌肉比較含蓄，但無論如何都不是女孩子的體型。

寬闊的肩膀配上皺巴巴的泡泡袖，健壯的腹肌上勒著亂七八糟的束腰，這個場面實在喜感到了一定程度，而且具有相當強的衝擊性，難怪索恩的臉色那麼臭。

看到敵人肆無忌憚的嘲笑他，索恩的臉頓時又黑了幾分。

菲莉亞簡直無法想像索恩此時會是什麼心情，她差點就要拿手捂住臉不敢繼續看了。

畢竟和索恩從小就是鄰居，沒有人比菲莉亞更清楚這個男孩的個性急躁、缺乏耐心，有時候還有暴力傾向。在海波里恩，說一個男孩子「娘」是頗為嚴重的侮辱，更何況是自尊心那麼強的索恩……

「不、不要笑了，迪恩。他只是抽中了這個角色而已……」菲莉亞拉了拉身邊捧腹大笑的迪恩，她擔心迪恩現在笑得太誇張，等一下會被索恩報復性攻擊。

迪恩笑得根本沒有辦法停下來，「哈哈哈哈……可是，妳看王城勇者學校那個學生的樣子，哈哈哈哈……」

索恩的臉幾乎黑了一半。

這時，尤萊亞走上來拍了拍迪恩的肩膀，道：「菲莉亞說得沒錯，你最好笑得少一點，等一下和魔族公主相愛的可是你啊。」

迪恩的笑聲就像憑空被一隻手掐斷一般戛然而止，他渾身都僵住了。

沒錯，儘管之前在冒險路上已經有了兩位紅顏知己，但迪恩扮演的男主角最終愛上的卻是行為做派都和人類大大不同的魔族公主。對方的美麗、智慧、勇敢、自信還有與眾不同，無一不吸引著作為人類勇者的男主角，而最終兩人燃燒著罪惡之火的愛情導致了雙方隊伍的全滅。

忽然，菲莉亞想到了剛才吃飯的時候貝蒂偷偷在她耳邊告訴她的話。

好像……她和歐文演的那對情侶，在死之前，抱在一起接了個離別之吻啊……

一旦想到，菲莉亞的腦海中就下意識的想像了一下那個場面，然後臉「刷」的紅透了。她忍不住回頭看了一眼歐文，歐文無辜的回望她。菲莉亞連忙將紅得像顆蘋果的臉轉了回來。

——怎、怎麼辦……

——不過現在主要還是團隊競賽，或、或許不用死吧？不用死就不用親了吧？

菲莉亞抱著一絲僥倖心理強行讓自己暫時冷靜下來，深呼吸幾次，舉起重劍準備和對方戰鬥。

另一邊，索恩在菲莉亞第一次出聲的時候就注意到了她，原本已經黑了一半的臉剎那間一半黑一半紅，紅的部分從耳根一直延伸到鎖骨，整個像被燙熟了一般。

——為、為什麼菲莉亞會在這裡啊！！

索恩感覺到了一股強烈的惡意。

他平時不管在帝國勇者學院裡怎麼張望都找不到菲莉亞，現在好不容易碰到……偏偏是這個時候！

其實索恩的內心也是很委屈的。不知道為什麼，明明其他人抽到的角色都有特意模糊性別，還有考慮到各種專業的學生如何適應各個身分，只有他，抽到的是個公主不說，扮演僕人的同伴竟然還忍著笑從道具箱裡拿給他一整套道具裝！

所以說他堂堂一個七尺壯漢弓箭手，到底哪裡像魔族公主了！！

和一直在四處奔波靠魔法轉播來供觀眾觀賞的冬波利勇者團隊不一樣，王城勇者學校的這群倒楣孩子一直在觀眾的眼皮底下，還必須在臨時搭建起來的魔族城堡裡活動。

大部分時候他們都是按照任務表，一項一項的完成任務——比起冒險，更像是演戲，幾場打鬥都不是和野獸，而是與扮演其他角色的志願者同學。王城勇者學校和帝國勇者學校向來不合，穿女裝打了幾場還要被嘲笑的索恩身心俱疲。

「你們都給我閉嘴！」聽到分外刺耳的笑聲，而且還是在菲莉亞的注視下，索恩憤怒吼道：「尤萊亞，尤其是你！！」

尤萊亞聳了聳肩，表示自己並沒有發出嘲笑聲。

歐文潛意識裡不希望菲莉亞和索恩兩個人在一起太久，哪怕是處於敵對的兩方，於是他說道：「時間不夠了，別耽擱太久，開打吧！」

陣勢都是現成的，他們之前也沒怎麼注意演戲，所以連準備都不需要。

迪恩顯然也是同一個想法，點了點頭，喊道：「大家準備——」

不過，他們不喜歡演戲的橋段，卻不代表對方的陣營不在乎角色扮演分數，只聽高塔上的索恩一字一頓咬牙切齒的吼道：「不！人類的勇者，不要與我為敵！雖然我還不知道你的名字，但在和你相遇的一瞬間，我已經愛上了你！」

索恩的五官因為強烈的憤怒已經完全扭曲了，說他光用眼神就能瞪死迪恩，此時菲莉亞也會相信的。

迪恩的情況同樣好不到哪裡去，萬萬沒想到他這輩子第一次被表白會是在這種場景下，對方還是個第一次見到的男孩！

儘管兩位當事人對這齣戲的觀感並不好，但觀眾們卻很樂於看見這種場面，配合的發出爆笑聲。

這時，一個女性的身影忽然出現在索恩身邊，彷彿是剛剛從樓下跑上來。她一把抓住索恩的胳膊，憂心道：「不行，公主殿下！您怎麼能愛上一個人類的勇者呢？要知道，保護我們的王國是您的責……傑瑞？」

「南、南茜！」

急衝衝跑上樓來抓住索恩胳膊的南茜，一眼就看到窗外因塊頭比所有人都大而分外惹眼的傑瑞，傑瑞同樣一眼認出了南茜，兩人的視線瞬間難捨難分的膠著在一起。

「傑瑞！」

「南茜！」

兩人幾小時未見，彷彿分開了無數個世紀。

他們淚眼矇矓的互相凝視著，南茜已經擠開索恩，整個人趴在了窗前。

傑瑞同樣不知不覺擠開迪恩，站到隊伍的最前面，高仰著脖子，他朝高處吼道：「南、南茜！快回到我們這裡來！」

一向大大咧咧、個性直白的南茜紅了眼眶，她絕望的搖搖頭。

「不！傑瑞，你不明白！我現在是魔族公主的貼身僕人！我……我也是個魔族！」

傑瑞的臉頓時急得通紅。

「就、就算妳是魔族我也喜歡妳！一輩子喜歡妳！」

南茜感動的捂住嘴。

現場觀眾氣氛熱烈到可以燒掉天上的雲，口哨聲和驚呼不絕於耳。

菲莉亞拉了拉貝蒂，小心翼翼問道：「……這個，也是原來劇本裡的嗎？」儘管在這種書裡幾角戀出現都不奇怪的樣子，但總覺得還是哪裡不對勁。

貝蒂沒有正面回答菲莉亞的問題，只是痛苦的扶住頭，低低的罵道：「嘖……這兩個白痴啊……」

——談戀愛為什麼不分場合！給我去死一死啊！

在眾目睽睽之下，傑瑞和貝蒂忘我的互相呼喊對方的名字整整五分鐘，最後是迪恩忍無可忍的一巴掌拍在傑瑞的後腦杓上，才讓他清醒過來。

為了讓劇情重新回到原狀，一點都不想演戲的迪恩硬著頭皮，用手指指著城堡上的魔族公主索恩，喊道：「雖、雖然我也喜歡妳！但是！妳是魔族，我是人類！我們的立場決定了彼此之間不存在任何希望！我對妳唯一愛的表現形式，就是與妳不含任何遺憾的戰鬥！請接受，我愛、愛的形式吧！」

戲劇式的臺詞太過肉麻，而且是對著同性唸，迪恩還沒有戰鬥，血條就已喪失一半了。

索恩陰森森回答道：「求、之、不、得！」

這時，城堡的大門打開，王城勇者學校的另外四個成員步調一致的從中走了出來。

菲莉亞他們連忙提起精神，將武器舉了起來。

戰鬥一觸即發。

眼前的情況實際上對王城勇者學校更有利，他們在這個地方待了大半天，對這裡的環境比剛剛抵達的菲莉亞他們無疑熟悉得多。而且對方的弓箭手索恩，站在城堡上端就直接拉開了弓，從最好的視野、最好的防禦位置進行射擊。

團隊賽中受傷幾乎是無法完全避免的，近戰戰士和魔法師都要靠自己的自覺，即便旁邊有大量醫護人員準備急救。在報名的時候，菲莉亞他們就簽過風險同意書。

不過，弓箭手很特別，被射中頭的話可能連救的機會都沒有，所以比賽中弓箭手的武器都會經過特別處理。

團隊比賽專用的箭頭是軟的，並沾有顏料，一旦關鍵部位被打中、沾上顏色，該名選手就得退出，非關鍵部位被擊中三次後亦取消資格。

正因為不會真的傷到同學，弓箭手下手都毫不猶豫。剛過二十分鐘，索恩已經成功射中不管不顧衝在前面的傑瑞的重點部位，還擊中了兩次迪恩；再發現貝蒂隱藏的位置後，貝蒂也被射中了一次。

而菲莉亞這一方，由於傑瑞很快被射中離場，繼續到旁邊垂死掙扎的呼喊南茜，迪恩又被索恩帶著報復性質的箭一枝接一枝的攻擊，自顧不暇，於是最前面守護團隊的位置幾乎只有菲莉亞一個人在扛。

一個劍士、一個重劍士和兩個魔法師的攻擊全落在她身上，幸好南茜拒絕進攻自己的隊伍，可是因為南茜拒絕的關係，尤萊亞也兩手一攤，到旁邊坐著納涼去了，美其名曰「保證公平性」。

實際上，冬波利此時能保持進攻姿態的只有菲莉亞、歐文和貝蒂。

尤其是菲莉亞，處在相當危險的前鋒位置，除了索恩在針對迪恩，其他所有人都衝著她去。只是物理類的戰士也就算了，麻煩的是魔法師。

菲莉亞終於感受到了在團隊中的魔法師是多麼可怕的存在。對方的魔法師一個是土和風混雜的屬性，讓她被砂礫迷得幾乎喪失了視覺；另一個則主要用火的屬性來攻擊，攻擊性極強，且一旦碰到火焰就會被纏上，她躲閃起來相當困難。

對方的劍士是洛蒂，可儘管是朋友，她並沒有和菲莉亞客氣的意思。

菲莉亞這邊自然也一樣。菲莉亞在多人夾攻下，好不容易找到機會一招壓制了洛蒂，裁判老師確定有效，洛蒂離場，但另一個重劍士的劍同樣壓了下來。

僅僅是剛接觸到對方的力道，菲莉亞就判斷出對方遠不如自己，只要有時間的話，她肯定能打敗他，甚至擊碎對方的劍。但是兩個魔法師纏得太緊，讓菲莉亞連一秒鐘集中力道的時間都很困難。

歐文看到菲莉亞被燙紅的手腕時心裡一揪，暗暗焦急，簡直想要雙手釋放魔法或者完全拋棄魔咒。但這場團隊比賽有好幾個教師在周圍觀察，還有無數觀眾的眼睛盯著，他必須偽裝好自己。

歐文只得偷偷加快釋放魔法的速度，小心翼翼的加強魔法的力道。

對面的魔法師們彷彿並不將他的攻擊放在眼裡，那個火系的魔法師對自己的技術相當自信，實際上他水準也不錯，再加上從屬性上正好克制歐文，便越發對歐文不怎麼關注，專心對付看上去相當生猛的菲莉亞。

歐文惱火起來，暗中發力，魔杖的尖端凝聚起一團遠比先前都要亮的魔法光芒。

這時，一枝箭「咻」的一聲從菲莉亞身邊飛過。

裁判冰冷的宣判道：「冬波利學院，迪恩．尼森非重點部位擊中三次，確定有效！」

「靠！」迪恩暴躁的將武器往地上一摔，憤怒離場。被箭追了那麼久，他的情緒已經相當不穩定了。

幾秒後，又是一枝箭從空中飛過。

貝蒂發出一聲悶哼。

裁判道：「冬波利學院，貝蒂．威客重點部位被擊中，確定有效！」

與此同時，歐文的魔法陣亮光一閃，一束刺眼的白光越過菲莉亞和對方的重劍手，直直朝兩個魔法師衝去！

而索恩的箭，則對準了歐文！

那是在幾秒鐘內同時發生的事，面對直射過來的白光，火系魔法師下意識的用魔杖點火想要阻擋。

冰系魔法師的冰塊大多無法與火系相抗衡，畢竟冰遇火會融化，相較來說水系還比較有優勢一點。本來他對自己的魔法強度信心滿滿，然而這一次卻失算了。一剎那，他震驚的看到自己點起的火焰竟然被凍結了！

——火焰，被凍結了！

——怎麼可能有這種事！

火系魔法師難以形容自己內心的強烈震動，他看見自己的魔杖包括火焰都被一塊冰緊緊的包裹住，像是某種奇特的寶石，而隨著冰晶紋路不斷向下蔓延，火焰則一點點減小乃至走向熄滅！

然而，他並沒有能驚訝太久。

「小心！」他的同伴慌張喊道。

可是沒有用，那束白光還沒有完。

很快，他發現自己和同伴都被包裹在了一層厚厚的冰層之中，彷彿被塞進冰洞中。一瞬間，刺骨的寒冷穿過他的盔甲和皮膚，直擊骨髓！

他連忙唸動魔咒想要取暖，可是在這種可怕的溫度之下，火焰根本無法萌發。

同時，歐文知道放出這種魔力消耗大、使用又困難的魔法之後，自己必須裝作魔力耗盡的樣子倒下來了。

因此，哪怕他看見索恩的箭朝自己筆直的飛過來，他也無法舉起魔杖用魔法去抵擋，只能體力耗盡一般的被箭射中後躺下。

歐文的眉心沾染了一點紅色的顏料標記。

裁判方才從那個絕非普通五年級生水準的冰魔法中回過神來，慌張的宣布三個魔法師全部被攻擊有效。

此時，沒了魔法師的束縛，菲莉亞一把掀掉對方重劍士的大劍，裁判確認有效。

「歐、歐文！」明明知道自己這個時候應該優先衝上去解決索恩，但菲莉亞不受控制的回了頭，看到歐文好像十分虛弱的倒在地上。

歐文坐起來，摸了摸額心的紅點，勉強笑道：「沒事，只是好像魔力耗盡了……抱歉，沒能保護妳到最後。」

畢竟是戲劇式的模擬冒險，每個角色在被判定「死亡」後，根據致命部位不同，有不同的「交代遺言時間」，不過大家通常還是將團隊競賽當作是冒險而不是戲劇，留遺言無疑會耽擱同伴的機會，所以幾乎所有人都會選擇死得果斷點。

像歐文這種命中頭的時間最短，只有一分鐘。

歐文本來也準備乾脆死的，可沒想到菲莉亞竟然向他跑過來了，歐文感覺胸口有暖流流過，不自覺的就開始安慰她。

菲莉亞卻有些分不清歐文到底是在和她說話，還是在按照劇本說「遺言」了，因為歐文的聲音和眼神都太溫柔了。

這種語氣和氣氛讓菲莉亞的心跳不由自主的加快，再加上歐文是為了替她解決掉最棘手的魔法師，才用盡魔力放出那種超出他能力範圍的大魔法，菲莉亞既是感動又是愧疚，如果她可以再能幹一點的話……

菲莉亞難過的說：「對、對不起。」又拖你後腿了。QAQ

歐文失笑，苦惱的抓了抓頭髮，「妳沒什麼好道歉的吧，畢竟，我、我……」

他的臉忽然紅了，藉著有劇本掩護的機會，他心底裡升起一股前所未有的勇氣。歐文頓了頓，第一次當著菲莉亞的面，緩緩的說道：「畢竟，我喜歡妳啊。」

——臺詞！

歐文絕對只是在說臺詞！

菲莉亞這下終於確定歐文只是在按照劇本演戲了，雖然安下心來的同時又有種難以言喻的失望，但、但……

——歐文演技真好啊！

——連臉紅都可以演出來，真不愧是歐文啊！

——相比之下……我已經又拖了一次後腿，不能再拖後腿了！

菲莉亞暗暗握緊拳頭，腦中回想貝蒂告訴她的話，終於下定了決心。

——只是要把這場戲演到完美而已！是為了大家的得分！我、我沒有私心的！真的沒有私心！

又在心中摒除一次雜念，菲莉亞忽然視死如歸的閉上眼睛，對準歐文嘴角撞了過去！

——最、最終還是沒有勇氣直接瞄準嘴唇……_(:3)∠)_

菲莉亞柔軟的脣瓣貼上歐文嘴角的皮膚，歐文灰色的瞳孔瞬間收縮，震驚到渾身都戰慄得抖了一下！

——菲、菲莉亞在親我？

歐文能感覺到菲莉亞靠得很近，她的溫度、她的呼吸、她的氣味……

菲莉亞身上總是沒有尋常勇者劇烈運動後那種酸溜溜的汗味，相反的，歐文覺得菲莉亞身上有種說不出名字的花的香味，既甜美又可愛，刺激著他渾身上下的每一寸神經。

——混、混蛋！這裡為什麼有這麼多人在看！為什麼！

歐文簡直憤怒得要跪下來捶地，如果這裡不是團隊比賽場地，而是他們之間誰的房間的話，他就可以抱住菲莉亞，然後……

——啊啊啊啊，不能往下想了！

歐文恨不得立刻拿頭砸牆，但他渾身都僵硬到無法動彈……更重要的是，他不希望自己做出任何一個會讓菲莉亞和他之間的距離變遠的動作。

這幾秒彷彿有幾個世紀那麼長，又好像只有一眨眼那麼短。

菲莉亞感覺到歐文整個人都僵住了，她有點擔心自己嚇到了歐文，嘴唇只敢停了幾秒就準備抽身離開。

這時，歐文的右手忽然捧住她的臉頰，阻止她繼續向後退去。

菲莉亞的臉因為做了太過害羞的事而發燙，像燃燒的火爐一般，但這份溫度反而讓歐文有種夢境與現實錯亂的迷幻感，他慢慢湊近菲莉亞，並以同一個節奏輕輕閉上眼睛。

眼看著歐文的臉越來越近，菲莉亞驚得呆住了。

菲莉亞拚命想讓自己保持理智，可這無疑是無用功。

歐文額前的碎髮、歐文金色的睫毛、歐文筆挺的鼻梁……菲莉亞渾身僵直，連下意識的向後縮都做不到，只能眼睜睜的看著歐文靠近她……

「啪！」

在兩人的嘴唇只相距幾吋的時候，一枝箭蹭過菲莉亞的肩膀，打在歐文的心臟位置，歐文的動作不得不停了下來。

裁判心臟一揪，不得不將自己從被小情侶生離死別帶起的悲傷情緒中掙脫出來。

「補擊有效！冬波利學院，歐文．哈迪斯請立刻停止垂死掙扎時間，去休息區等待！」

——這兩個孩子演技真好啊……沒能看他們演完真是太可惜了。

——可是在垂死掙扎時間如果被對手補刀成功的話，就必須即刻死亡，這也是規定。

裁判教授遺憾的在心裡搖了搖頭。

城堡上的索恩黑著臉放下了弓。

他當然知道剛才菲莉亞跑去聽同伴的遺言是他的大好時機，可他無數次將箭頭對準菲莉亞後，卻始終無法放開弦，最後還是一箭補給了歐文。

剛才看到他們演感情戲，索恩無法形容自己是什麼心情，他只知道自己再多一秒鐘都看不下去，完全無法忍受！

哪怕箭頭不是假的，他也會毫不猶豫的對準那個金髮娘娘腔的心臟！可惡！

因為被箭射中，歐文也從剛才的精神恍惚中回過神來，恢復了冷靜。

「抱、抱歉，菲莉亞，我太入戲了。」歐文慌張解釋道，菲莉亞的表情一看就是被他嚇到了，然而除了這個拙劣的理由以外，他竟然找不到更合適的藉口，「我做的事，妳不要往心裡去……那個……」

——果、果然！

儘管早就料到，菲莉亞還是有種心臟中了一箭的感覺，她忍著失落拚命擺手道：「沒事的沒事的！是、是我先亂演的啊！畢竟是團隊競賽嘛……」

「那、那我到休息區去等妳……放輕鬆點，輸了也沒人會怪妳的。」歐文尷尬的說。

菲莉亞連忙用力點頭。

現在只剩下她和索恩了，想到索恩從小就欺負她，還射了歐文兩箭，菲莉亞重新燃起了鬥志。索恩是弓箭手，只要進入近戰模式就沒什麼好怕的，她需要提防被射中，然後爬上魔王城堡，再……

「咻！」

沒等菲莉亞想完，一枝箭從空中掠過，直直飛向魔王城堡的頂端，接著「啪」的一聲，在索恩的額頭上留下一道印記——

是貝蒂的箭。

她今天一個敵人都沒有幹掉，實在不甘心。

歐文垂死掙扎時間提醒了她，她被擊中的關鍵部位是心臟，可以用來留遺言的時間可比射中頭部長得多，那麼……

——嗯，是不是可以用遺言時間再射一箭啊？

——要不射一箭看看？

反正不管這一箭算不算都不會吃虧，貝蒂想了想，還是拉弓將箭放了出去。

裁判低頭考慮了一下，過去將近半分鐘，才道：「王城勇者學院，索恩．波士重點部位被擊中，確定有效！」

「唯一存活者為冬波利學院，菲莉亞．羅格朗！最後一戰勝利者為冬波利學院，獲得額外加分！其餘分數需將經過統計，於三日後在帝國勇者學校鐘樓下大布告欄公布，請各位參賽選手記得按時查看。」

▶◇◀◎▶◇◀

團隊賽結束後，歐文徘徊在菲莉亞房間前的走廊上，好幾次舉起拳頭想要敲門，但最終還是不知所措的放下。

此時已經入夜了，經過一天的打鬥和行走，歐文其實很疲憊，但菲莉亞嘴唇印在他嘴角的溫度彷彿還沒有消退，他根本睡不著！

——好想問她當時到底是怎麼想的……

——但這怎麼問得出口！！

因為住在一起，所以結束時兩人是一起走回家的。其實他們從帝國勇者學校走回來的時候，氣氛已經有點微妙的尷尬了。而現在……

菲莉亞就在離他這麼近的地方，真的睡得著嗎？

猶豫了半天，歐文還是沒有勇氣在菲莉亞可能已經睡了的時間敲門，最後默默的滾回了自己的房間。

他並不知道其實門內的菲莉亞也正在輾轉反側。

菲莉亞拿棉被蒙著頭在床上滾了兩圈，鐵餅還以為她在玩，於是也歡樂的抱著膝蓋用身體跟著來回滾。

棉被內的菲莉亞，此時完全是熟透的……

她竟然親了歐文！竟然親了歐文！竟然親了歐文！

她、她當時到底是哪根神經斷掉了啊嚶嚶嚶……

——剛剛門外有腳步聲，聽起來不像是爸爸，不會是歐文吧……他不會是來警告我下次不要再這麼做的吧？QAQ

——好、好後悔。

「妳不滾了咩？」鐵餅在菲莉亞棉被捲外奇怪的推了推她。

菲莉亞一把將鐵餅抓到被子裡緊緊抱住。

鐵餅難受的「嚶嚶嚶」起來：「主、主人，我不能呼吸了嚶嚶嚶……」

菲莉亞連忙把胳膊鬆開一點，悶著臉道：「我、我沒有控制住，做了不太好的事……」

鐵餅拍了拍菲莉亞的頭。

「是睡一覺不能解決的那種咩？」

——好像的確不能解決……

《與魔族王子一起戀愛吧03》完

敬請期待更精采的《與魔族王子一起戀愛吧04》

I come from the other side of the universe.
來自外星的我
04 episode
I wanna go home
與你在一起。
END
NOVEL 霧十
ILLUST 瑞讀
來自外星的我 01 多了個蠢爹？
來自外星的我 02 靠尾巴賣萌！
來自外星的我 03 也想談戀愛！
來自外星的我 04 與你在一起。
人世繁華，幸好有你與我共度——
我們要結婚了。
SINCERELY INVITE YOU TO SHARE OUR HAPPINESS.
幸福小倆口
典藏閣
華文聯合出版平台 www.book4u.com.tw
采舍國際 www.silkbook.com
不思議工作室
立即搜尋
版權所有© Copyright 2018

잘먹겠습니다
極品の黑暗料理女神
Ultimate Darkness food
天川 x 蒼和
Welcome to Capriccio
ould you like something to eat?
當美食系統貓遇上黑暗料理宿主，
當陽光蠢萌犬男面對極品冰山美人，
一汪一喵之 料理女神爭奪戰
——Game Start!!!
典藏閣
華文聯合出版平台
www.book4u.com.tw
采舍國際
www.silkbook.com
不思議工作室_
立即搜尋
版權所有© Copyright

飛小說系列 176

與魔族王子一起戀愛吧 03

好朋友卡

出版者■典藏閣
作　者■辰冰　　繪　者■凌夏
企劃編輯■多力小子　　美術設計■Aloya
總編輯■歐綾纖
製作團隊■不思議工作室
郵撥帳號■50017206 采舍國際有限公司（郵撥購買，請另付一成郵資）
台灣出版中心■新北市中和區中山路 2 段 366 巷 10 號 10 樓
電　話■(02) 2248-7896　傳　真■(02) 2248-7758
物流中心■新北市中和區中山路 2 段 366 巷 10 號 3 樓
電　話■(02) 8245-8786　傳　真■(02) 8245-8718
ISBN■978-986-271-818-6
出版日期■2018 年 05 月

全球華文國際市場總代理／采舍國際
地　址■新北市中和區中山路 2 段 366 巷 10 號 3 樓
電　話■(02) 8245-8786　傳　真■(02) 8245-8718

新絲路網路書店
地　址■新北市中和區中山路 2 段 366 巷 10 號 10 樓
網　址■www.silkbook.com
電　話■(02) 8245-9896
傳　真■(02) 8245-8819

線上總代理：全球華文聯合出版平台
主題討論區：http://www.silkbook.com/bookclub　◎新絲路讀書會
紙本書平台：http://www.silkbook.com　◎新絲路網路書店
瀏覽電子書：http://www.book4u.com.tw　◎華文電子書中心
電子書下載：http://www.book4u.com.tw　◎電子書中心（Acrobat Reader）

☞您在什麼地方購買本書？☜

1. 便利商店（________市／縣）：☐7-11 ☐全家 ☐萊爾富 ☐其他________

2. 網路書店：☐新絲路 ☐博客來 ☐金石堂 ☐其他________

3. 書店（________市／縣）：☐金石堂 ☐蛙蛙書店 ☐安利美特animate ☐其他____

姓名：________地址：________________

聯絡電話：________ 電子郵箱：________________

您的性別：☐男 ☐女 您的生日：西元________年________月________日

（請務必填妥基本資料，以利贈品寄送）

您的職業：☐上班族 ☐學生 ☐服務業 ☐軍警公教 ☐資訊業 ☐娛樂相關產業

☐自由業 ☐其他________

您的學歷：☐高中（含高中以下） ☐專科、大學 ☐研究所以上

☞購買前☜

您從何處得知本書：☐逛書店 ☐網路廣告（網站：________） ☐親友介紹

（可複選） ☐出版書訊 ☐銷售人員推薦 ☐其他________

本書吸引您的原因：☐書名很好 ☐封面精美 ☐書腰文字 ☐封底文字 ☐欣賞作家

（可複選） ☐喜歡畫家 ☐價格合理 ☐題材有趣 ☐廣告印象深刻

☐其他________

☞購買後☜

您滿意的部份：☐書名 ☐封面 ☐故事內容 ☐版面編排 ☐價格 ☐贈品

（可複選） ☐其他

不滿意的部份：☐書名 ☐封面 ☐故事內容 ☐版面編排 ☐價格 ☐贈品

（可複選） ☐其他

您對本書以及典藏閣的建議________________

____

____

未來您是否願意收到相關書訊？☐是 ☐否

感謝您寶貴的意見

印刷品

$3.5
請貼
3.5元
郵票
不思議信箱
FUSIGI POST

235 新北市中和區中山路二段366巷10號10樓

華文網出版集團　收

（典藏閣－不思議工作室）

與魔族王子一起戀愛吧～

MO ZU PRINCE

NOVEL 辰冰 × ILLUST 凌夏

Episode 03